JN009569
月神の愛でる花 ～空を憧る雛鳥～
Tsukigami No Mederu Hana Sora Wo Akogaru Hinadori

月神の愛でる花

～空を憧る雛鳥～

朝霞月子

ILLUSTRATION
千川夏味

人物紹介
レグレシティス＝
オレル・サークィン
サークィン皇国第三十七代皇帝。
広い視野を持ち、民を思いやる賢帝。
半身に残る痣から『毒の皇帝』と呼
ばれ、人前に立つ際は常に仮面を身
に着けている。三十四歳まで独身を
貫いていたが、佐保と結ばれ夫婦と
なる。
サホ・クサカ＝
エレッセイラ・サークィン
ごく平凡な日本の少年、
本名は『日下佐保』。
高校二年の秋に、稀人として異世界・
サークィン皇国にトリップしてきた。
裁縫店で世話になっていたが、その
後レグレシティスと結ばれ皇妃となる。

リー・ロン

近衛騎士団長。レグレシティスとマクスウェルの師匠でもあり、剣や弓などあらゆる武器を使いこなす。

マクスウェル

近衛騎士副団長。レグレシティスの幼馴染みでもあり、その剣の腕前は互角。ムードメーカー的存在。

ミオ

佐保付きの筆頭侍従、日々佐保の身の回りの世話を取り仕切っている。元はキクロスの元で働く二位筆頭侍従。

グラス＆リンデン

獣遣いから譲り受けた卵から孵った二匹の仔獣。羽持つ蛇とも呼ばれる幻獣『ラジャクーン』の幼獣。

木乃（きの） ✷ 佐保を攫ったサラエの使者。今はサークィンにその身を置く。

キクロス ✷ 頼りになる侍従長、奥宮の暮らしすべてを一手に管理している。

【イリヤ大陸】
ベセナ村
イルレーゼ（王都）
イオニア
イオニス領
〔ザークィン皇国〕
ギルビス領
央の海
エッシャール州
ナバル村
砂漠地帯
〔カセテート〕
illust.千川夏味

あらすじ＆用語解説

あらすじ

見知らぬ異世界へトリップしてしまった純情な高校生の佐保は、
若き皇帝・レグレシティスの治めるサークィン皇国の裁縫店で
つつましくも懸命に働いていた。
ある日、使いに行った城で、暴漢に襲われ意識を失ってしまった佐保。
目覚めると、暴漢であったサラエ国の護衛官たちに
「行方不明になった皇帝の嫁候補の【姫】の代わりをしてほしい」と懇願され、
後宮で【姫】として暮らすことに。
女性を寄せ付けない皇帝に正体がバレることなく、平穏な日々を送っていた佐保。
しかしひょんなことから、孤独を抱える皇帝・レグレシティスと、
その立場を知らないまま交流を持ってしまう。
いつしか心を通わせ合い、ついに結ばれた二人。
皇妃として迎えられ、佐保は皇帝の伴侶として
共にこの国で暮らすことを心に決めるが——。

用語解説

【イリヤ大陸】

世界三大大陸のうち、もっとも広大な南北に連なる大陸。

【サークィン皇国】

イリヤ大陸の中心となる大国。経済や軍事において、
他大陸までその影響力が及ぶ。王都はイルレーゼ。

【稀人（まれびと）】

佐保のように異世界から突然迷い込んできた人のこと。珍しくはあるが、
前例がいくつかあるので、サークィンには稀人を受け入れる土壌ができている。

【月神（つきがみ）】

イリヤ大陸で信仰される神。皇族から庶民まで、立場を問わず人々が敬い、
崇拝している。姿形は謎のまま、遣いという形で時々人々を助けたり、
力を与えたりする。花、狼など遣いの形は国によって違うとされている。

【神花（しんか）】

月神の遣いとされる、滅多に見ることができない、
気まぐれでどこに咲くかわからない花。
王都にしか咲かないと言われている。蕚は緑色で、十二枚の花弁から成り、
透明な中に様々な色合いや輝きを見せる。

CONTENTS

月神の愛でる花
～空を憧る雛鳥～

月神の愛でる花 ～空を憧(あこが)る雛鳥～

三章

「ん……」

柔らかな掛け布団の中で身じろぎをした佐保(さほ)は、自分がレグレシティスの温かい腕の中に包まれていることに気づき、ぼんやりした頭の中で、「あれ？」と思った。

昨晩は寝台に座り、レグレシティスと並んで教科書を読んでいて、自分がいつ眠りに落ちたのかまるで記憶になかった。教科書はレグレシティスの向こうの小卓(テーブル)の上に見えたから、顔に痕(あと)がつくことがないよう取り上げてくれたのだろう。なんて気配りの出来る夫だろうと佐保は少しくすぐったくなった。

ふと視線を上げて見えた帳(とばり)の外は暗く、頭の少し上からは鍛えられた筋肉で覆われた逞(たくま)しい腕の持ち主の穏やかな寝息が聞こえて来て、目覚めるにはまだ早い時刻だと知る。実のところ、本宮で暮らすようになってからの多くは、レグレシティスが先に目を覚まし、それから少し時間を置いて佐保が起き出すため、眠るレグレシティスを眺める機会はあまりなかった。

(ちょっとだけ)

たまにはじっくり眺めるのもいいだろうと顔を上に向けた。レグレシティスの肩口から胸の辺りに自分の頭があるのと、寝ながらもしっかりと抱き込む腕の強さのせいであまり大きく動かすことは出来なかったが、愛しい夫の横顔を見ることは出来た。

体を起こしてじっくりと眺めたいところではあるのだが、そのためには腕から抜け出さなくてはならない。

ぬくぬくとした温かさや、佐保を自分の側から離さないようにしつつ苦しくないようにとの配慮が窺える絶妙の力加減。絶対的な安心感を齎すレグレシティスの腕の中はまるで雛鳥の巣のようだとも思う。眠りながらも守ってくれているのだと、疑うことなく信じることが出来る。

（レグレシティス様、あったかいなあ）

秋に入ってしばらく経ち、朝晩の冷え込みは冬を思わせる。雨季に入ってすぐに使い始めた暖房は、硝子越しに差し込む陽光で部屋が暖かくなる日中を除き、既に必需品となっていた。床下や壁の間など建物の構造自体を利用して暖気を送り込むこの仕組みは、暖炉を併用しつつ本宮全体を暖めてくれるため、主である佐保やレグレシティス以外の使用人たちも恩恵を受けている。

佐保が二年前に暮らしていたナバル村は、サークィン皇国の南部に位置するため、寒さに対する備えも簡単な支度で済ますことが出来た。しかし、王都イルレーゼのある北部は違う。険しい山脈から下りて来る北風は肌に刺すような痛みを与え、冬将軍ツヴァイクと共に降り積もる雪は豪雪と称するに値する。前に伸ばした自分の手ですら見えないのだ。冬の前半はゆっくりと冷え込んでいくが、中盤から後半にかけては吹雪の日の方が多く外出もままならなくなる。

暖房が入っているとはいえ、やはり生まれながらに体が持っている寒さに対する構えはあるもので、明け方のレグレシティスの温もりは佐保にとって手頃な懐炉にもなっていた。

「まるで炬燵みたい」

炬燵――その魅力を知り、一度中に足を入れてしまえば心地よさと共に眠りにも誘われ、出ることが出来なくなる禁断の道具。

以前、そんな言葉で炬燵のことを説明した時、宰相補佐兼皇妃付侍従の木乃に、

「人を陥れるとても恐ろしい魔道具のように聞こえますが、害はないのですよね？」

と、真剣な顔で心配されてしまった。

どうやら木乃の出身国サラエでは、媚薬や魔道具を使った、木乃の言うところの「サホ様の前では口に出来ないほど非常に破廉恥極まりない宴会」が多く催されていたらしく、高官だった木乃自身も誘われることが多かったらしい。

「中毒になるような常習性のあるものへの警戒心は、持って持ちすぎることはございません」

木乃からの詳しい説明はなかったが、よほど酷い目に遭ったらしく、普段あまり表情を動かすことのない木乃にしては珍しく苦みを前面に出していたのが印象的だった。

そうは言っても、日本人の心のふるさと「炬燵」を誤解されたままなのは嫌なので、暖を取るためのものを置いた卓の上から大きな布団で覆い、みんなで床の上に座って足を突っ込んで果物を食べる

風物詩のようなものだと説明はしたのだが、狭いところに足を入れ、誰ともわからない人の足が触れるのは不快ではないのかと、納得しようとしつつも不可解な表情を浮かべていたのが印象的だった。

木乃の表情を思い出し、声に出さずに笑いながら、佐保はさらにレグレシティスに寄り添うように頭を胸に押し付けた。

（常習性って言ったら、これもなかなかのものなんだけどな。炬燵に匹敵する快適さだよ）

付け加えるなら、炬燵は持ち運びに難があるが、レグレシティスだと場所を問わないのがいい。鍛えられた肉体は固くて丈夫で、快適さとは少し違うものの、安心出来る場所なのは確かだ。

（レグレシティス様、ぬくぬく）

体だけでなく心の奥から温かくなって来て、押し当てる頬も緩む。そのままレグレシティスの体温を無意識に堪能していると、次第に瞼も落ちて来る。とろとろと蕩けそうな意識の中で佐保が思ったのは、

（ちゃんと起きられるかな、僕……）

という極々有り触れたもので、授業に遅刻してはいけないという数年ぶりに抱いた緊張でもあった。

レグレシティスが一緒に寝ている以上寝坊や遅刻はあり得ないのだが、もう微睡み始めた佐保の蕩け切った思考はそこに至らない。優しいが厳しくもある侍従長キクロスは幼いレグレシティスの養育にも一役買った人物でもあり、笑顔で掛け布団を剥いでくれることだろう。

――レグレシティス様。もういっかいおやすみなさい……。

声に出した記憶はないが、眠りに落ちる寸前、肩を撫でる優しい手があったような気がした。

「おはよう、佐保」

「――おはよう、レグレシティス様」

目覚めは愛する人の口づけで。

「――佐保様、終わりました」

朝食後、背後に立って佐保の髪を結っていたミオが鼻息と共に満足そうに支度の終わりを告げた。

「ありがとうございます、ミオさん」

鏡の中のミオに向かって礼を述べた佐保は、そこに映る自分の姿を見て小さく苦笑した。ふわりと緩く波打つ紅茶色の髪は、今日は横の部分を残して後ろ側だけ項より高い位置で結ばれている。結ぶリボンが長めの幅広なのは、晒す肌の部分を極力避けようという気持ちの表れだ。

「いかがでしょう？　今日は少し地味な感じで纏めてみました」

「地味……かどうかはわからないけど、すっきりには見えるね」

波打つ癖のある長い紅茶色の髪は、佐保が高等学術院に通うにあたって黒髪の皇妃と結びつけられないための鬘で、且つ学院に通う「クサカ」の姿を固定されたものに印象付けないための策の一つでもあり、ミオの手により毎日微妙に変化をつけた髪型が提供されていた。

（今日のは普通かな。凝った編み込みとかなかったらほつれるのを気にしないでいいし）

柔らかな手触りは勿論ミオの手入れの賜物だ。

こういうことに手を抜かないミオは、知り合いの女官らにわざわざ教えを乞いに行って学んでいるらしく、実に手際がよい。いつの間にか鏡台の前にはこれまでなかったリボンや髪飾りが大量に並べられていて、しかも進行形で増え続けているのには驚いたが、ミオが楽しんでいるのはよいことだと佐保も割り切っている。

鬘が取れてしまう心配は皆無ではないものの、騎士科のように激しく体を動かす授業に参加するのでもない限り大丈夫だろうと思っている。そもそも佐保は日本でも、こちらの世界でも鬘と衣装を着けて動くということを経験しているため、鬘装着時の注意点はそれなりに理解している。馴染みがなければ気になって逆に変装を怪しまれるかもしれないが、今のところ不安はない。

椅子を引いて立ち上がり、数歩後ろに下がって全身を映しておかしなところがないか確かめる。とは言っても、ゆったりとした作りでふわりと広がりのある裾と長めの上着なので、首元のリボンが崩れていない限り、そこまで細かく身だしなみに気を付ける必要はない。公務の時に着る衣装が質素にしたいと思いつつも儀礼上飾りも多く必要で、気を遣わなければならない分、制服は非常に楽とも言えた。冠婚葬祭に対応した礼服の意味合いも持つ制服は、便利だったのだなと思う瞬間でもある。

何しろ、現在の佐保の皇妃としての立場では普通に生活しているだけで多くの衣装を必要とする。日常着こそ飾りや締め付けの少ないものになっているが、十日のうちに同じ衣装が出てくればよい方で、月に一度しか袖を通さない服も多々ある。日常着に関しては、気楽に着ることが出来るという点で極力似たような意匠のものをお願いしているため、色や模様など僅かな違いしかないものもあるが、これらは全部同じ意匠でいいと言う佐保のためにミオやキクロス、木乃たちが考えた結果でもあった。

(それで普通のお妃様たちより全然お金が掛からないって言われるんだからなあ)

言い方は悪いが、そんな妃が多く後宮に住んでいればそれはそれは大変だったと想像するのは難しくない。ミオが偶に話してくれる「お城の怖い話」などにも衣装や装飾品に纏わる陰湿な事件が出て来たりして、最初の頃は誇張だと思っていたものだが、本宮での生活が長くなるにつれ知っていく城での生活の中で、「さもありなん」と信じられるようにもなっていた。

墨色の制服は真っ黒でない分、いくらか柔らかい印象を着る者に与える。襟元のクリーム色のリボ

ンとふわふわの紅茶色の髪の毛は差し色としての役割を持つ。鬘をつける前と後では、立ち姿の印象もガラリと変わり、

(元のまんまだったら地味さが逆に目立ったかもしれないなあ)

などと考えてしまう。

黒の詰襟を着ていた中学生の時には周りも皆同じような色合いだったのと、どこでも有り触れた光景で見慣れていたためそんなことは考えもしなかったのだが。

(こっちの人は顔立ちも西洋風で派手？　だもんねえ)

髪の色も黒は滅多に見掛けず、茶髪を中心に赤や金など明るめのものが多い。暗いと思われがちなレグレシティスの鋼色の髪も、明るい場所で見れば光の加減で銀色に見えなくもない。

(レグレシティス様の場合は元の造作がいいから服の色に負けるなんてことは絶対にないし。……この袴みたいなキュロットは似合いそうにないけど)

ついキュロットを穿いて裾を摘んで淑女風の礼をするレグレシティスの姿を想像してしまい口元が緩んで弧を描く。後片付けをしているミオを残して部屋を出た佐保は、お出掛けを察してピィピィ鳴く仔獣二匹を入れた籠を提げ、登城の用意を済ませていたレグレシティスの隣に並んだ。仔獣たちは本宮の玄関まで一緒に連れて行き、馬車に乗る時にキクロスかミオに渡すのだ。

「お待たせしました」

「待たされてはいないから大丈夫だ」

緩く結ばれた後ろのリボンをレグレシティスの手が整えながら、口づけが軽く佐保の唇に落とされる。閉じていた瞼を開けてレグレシティスと笑みを交わし合い、籠から出て佐保に取りつこうと頑張っている二匹をそれぞれの指で撫でてあやしながら、玄関に向かった。

「ごめんね。どんなに頑張ったって連れて行けないの。帰って来たら遊んであげるから、おうちでお留守番しててくれる？　――もうずっと甘えたで」

「眠る時と自分たちから遊びで離れる時以外はずっと視界にお前がいたからな。慣れるまでしばらくかかると思うぞ」

「そうですよねえ。慣れてくれればいいんだけど」

抗議なのか単に甘えたいだけなのか、佐保のひとさし指を甘噛みするリンデンを親指の腹で撫でながら佐保は嘆息する。卵の時からずっと一緒で、公務の時ですら共にいることの方が多かったのだから、二匹にしてみれば急にそんなこと言わないで！　という心境なのだろう。

扉の前で控えていたキクロスと木乃が静かに開くと冷えた空気が流れ込んで来て、一瞬体を震わせてしまう。労るように背に触れたレグレシティスに大丈夫だと目で伝え、外へと足を踏み出した。一応外套は羽織っているのだが、暖かい屋内から外に出る時には「寒いっ」と言ってしまう。もう二年も王都に住んでいるというのに、秋の終わり、つまりは冬の初めの寒さに慣れるにはまだまだ時間が掛かる佐保である。

正面玄関の前には高等学術院最寄まで佐保を乗せて行ってくれる小型の馬車が停まっていた。御者のクコッティに笑みを向け、皇帝の護衛となる騎士たちへ朝の挨拶をした。

定期的な配置替えによって顔ぶれは時々代わるものの、頻度高く顔を合わせる騎士たちとは既に顔馴染みと言ってよい関係だ。レグレシティスに頭を下げる彼らに対し、佐保もまた丁寧に頭を下げて労いを兼ねた朝の挨拶をした。

御者が馬車の扉を開け、レグレシティスの手を借りて乗り込んだ佐保は、膝の上に仔獣たちが入った籠を乗せ、襟元のリボンに取りつこうと背中の羽をパタパタさせながら首を伸ばす二匹を優しく摑み、籠の中に戻した。

「僕はこれから学校だからね。お留守番だよ？　わかった？」

首を傾げる佐保につられて二匹も同じ方向に首を傾げるものの、

（うん、これはわかっていないね）

遊んで貰っていると思っているようだ。たまにねこじゃらしで遊ぶ猫のように佐保と遊んでいる二匹なので、今も遊んで貰っている感覚なのだろう。

（お利口さんだからわかってるとは思うんだけどね）

だからこその甘えなのだとはわかっているのだが。

（後ろ髪、すっごく引かれるけど……）

駄目なものは駄目なのだ。共に出掛ける公務の場合は、佐保と離れている間だけ木乃やミオに預けるという短時間だから可能なことでもある。

スッと馬車の入り口に立ったキクロスから弁当の包みを貰い、代わりに仔獣が入った籠を渡すのも、学術院に通い始めて恒例になってしまった。ミオだとまだ甘えの方が出てしまうグラスとリンデンも、キクロスの前では心なしかお行儀がよくなる。自分たちを叱ってくれる人のことはきちんとわかっているのである。

（さすがレグレシティス様を育てたキクロスさんだ）

長い年月の間に身に着けた静かな威厳には、まだまだ敵わないと思う佐保である。

仔獣たちとのしばしの別れも済み、馬車の扉を閉めてクコッティが御者台に座る。

佐保は小窓を開けてレグレシティスに笑い掛けた。

「レグレシティス様、行ってきます」

「しっかり楽しんで来るといい」

すっと頬を撫でた手に頷くのと同時に馬車がゆっくりと動き出す。少しして後ろからゴトゴト聞こえて来たのは登城するレグレシティスが乗る馬車だ。馬で向かうことも多いが、資料や書類に目を通したい時、それから団長たちと密談をしたい時には馬車を利用するのだ。その馬車の音も、佐保の馬車が下層へと向かう皇族専用通路へと入ったことですぐ聞こえなくなった。

　これから一層まで下りた後は、王都の西側の区画にある高等学術院に近い城門へ向かい、護衛につく副団長マクスウェルとは門前で合流することになっていた。

「おはようございます、殿下」

「おはようございます、副団長様。今日も送り迎えよろしくお願いします」

　レグレシティスを介して気安い間柄とは言え、門前という耳目のあるところではそれなりに礼儀正しいマクスウェルは椅子に座ると御者に声を掛け、再び馬車は動き出した。

「もう学院には慣れたか？」

　佐保は「うーん」と天井を見上げ、首を傾げた。

「慣れたような、慣れていないような？」

「なんだそりゃ」

「ええとですね、学校の仕組みとか授業のやり方とかそういうところは僕が想像していたよりも知っているものに近かったから、そこら辺は馴染めそうなんです」

「じゃあ何に慣れねぇんだ？」

　佐保は肩を竦めた。

「単純に僕の方の問題なんですけど」

「けど？」

「授業というか講義というか、そっちがいっぱいいっぱいで……」

言う佐保の頬は若干赤味を帯びていた。

「内容がわからない……ってことはないんだろ？　レギもそんなことは言っちゃいなかったし。つまらないとか？」

まさか、と佐保は大きく首を横に振った。

「そんなことまったくないです。話の内容は面白かったり、役に立つものが多いし。高度な算術や語学や専門的な授業は元々組んでないですから」

高等学術院に進む者は、いわゆる「読み書き算数」の基礎は入学前の時点で身に着けているのが前提だ。初年度の生徒たちはそれを先に進めた授業から始まり、「算数から高等数学」までを履修した状態で卒業するのが普通だ。最終学年の専門課程において、また自由選択授業において更なる知識を得ることも可能になっている。日本で言うなら「小学校の算数が中学数学になって、高校数学まで」ということになる。

とは言っても、複雑な数式を必要とする場面は専門分野に足を突っ込まない限りあまり必要とはされず、佐保たちが学んでいる初級の時点では算数を少し難しくした程度のものだ。国語という授業はそもそも存在せず、自国や他国の文学や歴史、経済や政策などを学ぶのが主体となっている。どちらかというとこちらの比率が高いように佐保は思っている。

「難しいわけではないんです。ただ追いつくのが大変だなって」

「追いつく？」

佐保はもう一度肩を竦めた。

「僕、まだあんまり上手に早く書くことが出来ないから手間取ることもあるんです。それにまだどの授業も一回目を受けただけだから、慣れるも何もなくてバタバタ終わったってところでしょうか」

窓のところに肘をついたマクスウェルは、

「なるほど。まだ慣れる以前の問題ってわけだ」

碧い目を細めて笑った。

「そんな感じです。午前の学年で受ける授業とか一年生の教室の雰囲気には慣れたんですけど、他のはその都度初めてなのも多くって」

佐保も笑って返す。

今日が五日目、佐保が高等学術院に通うようになって四日が過ぎていた。これを長いと感じるか短いと感じるかは人それぞれで、佐保にとっては短くも濃い四日間だったと言える。

何しろ、二年ぶりの学校というものでの生活だ。加えて、これまでとは異なる環境で育って来た学生たちと共に学ぶのだ。それ故それなりに緊張しながら始まった学院生活だったのだが、予想に反して特に困難さを感じる場面もなく、若干拍子抜けしたのは喜ばしいことなのだろう。

勿論、生育環境の違いからくる戸惑いはあり、首を傾げることはそれなりに多かった。だが、通うと決めた時から想定していたことでもあるので、その辺りについては許容範囲である。

高等学術院の年齢層は十三、四歳で入学し、卒業は十八歳前後と幅がある。中には飛び級して早く卒業する生徒も僅かではあるがいるらしい。そんな風に日本で言うところの中学生と高校生に該当する年齢層の少年少女が年齢の枠を超えて同じ授業を受ける風景は、小中学校を通して学級単位でほとんど共に行動して来た佐保には、

（大学だったらこんな感じなんだろうなあ）

と、新鮮でもあった。

選択制の授業が多いせいか、とにかく教室間の移動が多いというのが最初の印象だった。午前の必修授業が終わると昼休憩を挟み、それから各自午後の選択授業へと分かれていく。佐保の場合、公務を優先しつつ授業も出来るだけ受けるという欲張りなことを望んだおかげでかなりきつい日程にはなっているが、それもまた学生らしい縛りだと楽しむ要素になっていた。一つの講義時間が長いのは、内容によっては退屈だったり飽きたりしがちになるものだが、これまでに佐保が受けた授業はどれもが新鮮で退屈など感じる暇もない。それに書き写すのに他の学生より時間が多く掛かる佐保にとって授業時間が長いのは逆にありがたい。

板書の文字を頑張って書き写し、口頭で説明された内容などの補足部分は日本語と皇国公用語を混ぜながら書く。時間制限のある、消されるまでのタイムアタックにも似た必死の書き取りは、佐保の読み書きを向上させるのに大いに役立つものとなっていた。佐保がどういう出自なのか知らず、他国からの留学生と思っている生徒たちからすれば、熱心に手を動かし講義に耳を傾ける佐保の姿は、真面目以外の何ものでもない。

「久しぶりに授業を受けていて、時間は有限なんだなって実感しました」

授業毎に部屋が変わるためその都度移動もしなくてはいけない。佐保が板書の文字を映し終える頃には教室には佐保一人だけだったり、次の授業の生徒が入って来て慌てて荷物を抱えて廊下に出たりと、見る人によっては忙しなそうに目に映っていることだろう。

実際、何度も迷子になった。何度も教室がわからなくなりさ迷う羽目に陥った。その都度、見掛けた生徒に場所を尋ねたりして何とか遅刻だけは免れている――という現実があったりする。いかに自分が日頃の王宮生活の中で融通の利く過ごし方をしているのかも、学院に通い始めて改めて実感した。

「なるほどな。それじゃあ何も不便はないわけだ？」

「今のところは不便を感じるほどのことはないです。まだ四日で、受けていない授業も多いし、僕が慣れさえすれば気にならなくなる程度のものだから」

書き写しが自分で対応することでしか解決しないのは、佐保自身がよくわかっている。こちらの世界に来て二年、皇妃となって改めて学習し始めて一年、理想はスラスラ読み書き出来ることなのだが、その域に到達するにはまだまだ時間が掛かりそうだ。迷子に関しては、教室の配置や道順は同じ行動を繰り返す中で自然に覚えていくしかないのは、どこの世界や国であっても同じだろう。

「書き写すのはともかく、広さでいやあ、城の方が大きいだろ？　それで迷子になるかあ？」

マクスウェルは面白そうに目を細めたが、佐保は唇を尖らせて肩を竦めた。

「お城だって迷子になるんですけど、僕」

佐保も覚える努力をしていないわけではない。敷地内を把握しておくのは住人として当然で、ましてや皇帝と同じで王城の主なのだ。いざという時に身動きが出来なくなることを避けるためにも、地理を把握するのは重要事項と言ってもよい。

とは言うものの、佐保の主な生活の場は山に近く森もある奥宮だ。最近こそ一層以外にも足を運ぶ機会は増えたものの、大手を振って歩き回っているわけではないため、用途によって分けられた区画のおおよその場所と方角の把握が何とか出来るようになって来た程度である。

(頻繁に行くことがあれば覚えるんだろうけど)

負け惜しみなのはわかっている。長く城仕えをしているミオはともかく、佐保と同時期に城に入った木乃はしっかりと覚えて佐保の補助をしているのだから。

(頭の出来の良さを言い出したらキリがないから、地道に努力するしかないんだよねえ)

時間は掛かるが佐保にとっての最適解なのだ。

「全部の授業を二巡する頃には教室の場所を忘れないと思いますよ。建物の造り自体は単純だから」

中庭を真ん中に、上から見れば漢字の回のような学舎を主棟として、複数の建物が敷地内に点在しているのが高等学術院だ。渡り廊下の存在があったり、曲がり角が多かったり、木立の中を歩いたりする部分もあるものの、赤茶色の煉瓦敷の道で繋がっているため、自分から横道にそれない限り必ずどこかの建物には辿りつけるようにはなっている。

そう説明すると、マクスウェルは窓枠に肘をついたままニヤリと意地悪く口元を歪めた。

「それなのに迷ったって？」

ふっと佐保の目が泳ぎ、マクスウェルの顔を通り越して窓の外に視線が向く。

「で、迷ったって？」

にやにや笑いを浮かべたままのマクスウェルは引き下がりそうになく、佐保は仕方なく返した。

「……ちょっと近道をしようと思って直進したら変なところに出ちゃっただけです」

消される寸前まで板書を写していて次の授業に間に合いそうになかったための判断だったのだが、結局は迷ってしまったのだ。運よく通りかかった上級生が声を掛けてくれなければ、初回授業で遅刻するという失態を犯してしまうところだった。あの時は本当に助かった。

慌てていたのでろくに礼を述べることも出来ず、顔すらもうろ覚えでしかないが、また会う機会があったならしっかりと感謝を伝えたい。

　迷子になったこと自体は、笑われるのを覚悟で学院で親しくしている宰相縁者の双子や外政官長の甥に伝えたところ、自分も入学した最初の頃はよく迷ったとこちらも笑いながら教えてくれたので、後に引くことがなかったのも幸いだった。

「その話、レギにはしたのか？」

「はい」

「笑われただろ」

「笑われはしなかったですけど、慰められました」

　笑みは浮かべていたが、どちらかというと微笑ましいものを見る時の顔に近かったからたぶんそうなのだろう。

「ま、レギらしいっちゃあそうだな」

「あ、でも注意はされましたよ」

「遅れてもいいから正規の道を辿れって？」

「はい。今回は助けて貰えましたけど、いつもそうとは限らないからって。僕が危なくなるから」

「だな。わざわざ自分から餌になりに行くことはないってことだ。殿下の正体がばれる心配はしちゃいないが、逆に言やあ王都に慣れていなさそうな奴をどうにかしようと考える連中もいないわけじゃねえ」

「一人になる機会を……ええと周りに誰もいない状況を作らないようにしなさいってレグレシティス様も言ってました」

「正論だな。まあ、迷う前に、道がわからなきゃ誰かつかまえて訊くようにしろ。で、人気のないところには絶対に」

「行きません」

佐保は真顔で頷いた。構内には自分一人だけで護衛は誰もいないのだ。そのための変装でもあるので、大人しく慎重に行動することこそが、佐保が順調に学生生活を送る鍵となる。

「質の悪い学生はいねえと思いたいが、これぱっかりはなあ」

マクスウェルは肩を竦めながら「チッ」と舌打ちした。

「やっぱり今からでも弥智に学生の変装をさせて放り込むか」

独り言ではあるのだが、側にいる佐保には当然聞こえている。

「副団長様、それはやめてあげてください。弥智さん、すごく嫌がっているって」

一瞬、弥智の学生服姿はそれなりに似合いそうで見てみたいと考えたが、賊に襲われた佐保を文字通り体と命を張って助けてくれた恩人でもある彼に対して失礼かと思い直す。

「ただ椅子に座って話を聞いてるふりをすればいいだけだろうが。本物の学生じゃねえんだし」

「それ、仮に副団長様が弥智さんの立場だとして、学校に行きたいですか？」

マクスウェルは満面の笑みで言った。

「いや。まったく行く気なんざないな」

たぶんそう言うだろうと思っていた佐保は、やれやれと首を振った。

「自分がしたくないことを他の人に強制するのは考えない方がいいと思います」

副団長様ならもしかすると面白がって学生に紛れ込んで人脈を広げそうだけど、とは思ったが。

「それより副団長様、気になっていたんですけど」

佐保の目線の行きつく先はマクスウェルの顔の下半分で、そこには昨日までなかったものが存在していた。もみあげから続く見事な髭(ひげ)である。

マクスウェルの金色の濃い小麦色の髪と似た色合いの髭が、顔半分を覆っているのだ。今朝本宮に来なかったマクスウェルの「城門の外で待つ」の伝言に首を傾げつつ拾ってみれば、この面相である。気づかずにきょろきょろしてマクスウェルの姿を探していた御者のクコッティが、いきなり側に来た怪しげな風体の男の姿に大声を上げなかったことを褒(ほ)めてあげたい。

親しくしている革職人のタニヤの顔がまさに髭に埋もれているので佐保も御者も極端に驚くことこそなかったものの、伝言を残すくらいならもっと具体的に書いておいて欲しいと心の底から願った。

その髭を片手でザラリと撫でながら、

「これか？　結構似合うだろ？」

「ええと、この場合なんて答えるのが正解なんでしょうか」

マクスウェルは気に入っているようだが、タニヤより量の多い顔の半分を覆うような髭なのだ。そちらの印象が強すぎて、似合う似合わない以前の問題だ。当然、美醜の判断は出来ないからこその佐保の問いなのだが、マクスウェルは大袈裟に両手を広げて首を横に振った。

「俺の顔に髭という飾りがついただけなんだぜ？　似合うに決まってるだろうが」

「はぁ……」

そんな自慢気に主張されても、なんとも気の利かない反応しか出来ない自分は悪くないと佐保は思う。

「まあそれは冗談として」

「冗談なんですか？」

「いや全部本気だ」

「……ですよねえ。あ、副団長様続きをどうぞ」

「お前、最近……」

「はい？」

何か言いたげに佐保の顔を見つめたマクスウェルは、緩く首を振った。

「いや、まあいいけどな」

擦れて来たんじゃねえかだの、周りの悪影響がだのぶつぶつ呟いているのが聞こえたが、

(仮に悪影響だとして一番関係が深いのは副団長様だと思うけどなあ)

と思いながらも佐保は黙したまま続きを待った。もうそろそろいつも使っている降車場に着く頃だ。同じことを感じたのか、マクスウェルは自分の髭を撫でながら目を細めた。

「今更だがよ、顔見知りに出くわす可能性もあるわけだし、身なりだけじゃなく顔も隠した方がいいだろうと思ってな」

佐保は眉を寄せながら、ゆっくりと首を傾げた。

「それって今更な気もするんですけど」

何しろ登校初日にまさに「顔見知り」に会ったのだから、今になって隠すくらいならその後の三日も普通に素顔を晒していたことの方が不思議なくらいだ。

「そう言われるだろうと思ったぜ。まあ、それなりに顔を出しておく都合と利点があったのが理由ではあるんだけどな」

その都合やら利点やらは聞かない方がいいだろうと佐保は思った。必要なら、誰が止めようと、たとえ皇帝レグレシティスが止めようとも、マクスウェルが正論の側に立つならば隠すことなく教えてくれる男だと知っているからだ。出会ってから二年近く、騎士団副団長が佐保の期待や信頼を裏切っ

たことはない。たぶん。

そして、

（顔というか身元を知られたらいけなくなった理由が出来たってことなんだろうな）

理由を教えて貰えるのだろうかとチラリとマクスウェルの顔を盗み見ると、相手も佐保の顔を眺めていた。

「僕の顔に何か」

「いや。聞き出そうとはしないんだなと思ってな」

「それはまあ。気にならないわけではないですけど、でも必要なら副団長様ははっきり僕に伝えると思うから、必要ないいんじゃないかなって。騎士団の仕事の関係かもしれないし、女の人や喧嘩相手から逃げてる可能性もないとは思えないし」

佐保の言い分を頷きながら聞いていたマクスウェルは、台詞後半が耳に入った途端に渋面になった。

「おい」

「レグレシティス様や団長様だって、何も言わないってことは大丈夫だって思うんですよ、僕」

にこりと佐保が笑ったと同時に馬車がゆっくりと停まり、御者台から降りたクコッティが外から扉を開けた。

佐保の視界には捉えることが出来ないが、学術院に入るまでの間はすべて私服の騎士たちが安全に気を配っていた。初日二日目と気づかなかったのだが、三日目によくグラスたちと遊んでいる騎士が私服で道路を歩いている姿を見掛けたのを覚えていて、城に帰った時に団長に「もしや……」と尋ねたところ、肯定を得たことで往復には複数の騎士が動いていることが確定された。

隠さなくてもいいんじゃないか……とは思ったのだが、団長に言わせるとそれなりに意味はあるらしい。偵察の鍛錬になるからちょうどいいと笑みを浮かべていたが、騎士団長リー・ロンの真意がどこにあるのかを佐保が知ることはない。ちなみに、佐保に気づかれた騎士は、「それ用の特訓」を課せられることが決定したらしい。

一応、佐保は自分が皇妃だから素知らぬふりは出来なかったのではないかと弁明を試みてはみたのだが、それでも全く他人になり切るのが偵察班の仕事なので、動揺して「知ってますよ」と態度で示してしまったことが問題なのだと教えられた。反論の余地もなく、引き下がらざるを得なかった佐保は件の騎士に謝罪して、今度はミオに佐保が注意されることになったのは必然の成り行きだ。

昼食が入った籠を提げて降りた佐保の後ろからのっそりと石畳の上に降り立ったマクスウェルは、短い髪をがりがりと掻き回した。

「——なあ殿下よぉ、師範やレギに比べて俺への評価が辛辣じゃねえか？」

「それは日頃のおこな……いーっいたッ……！」

「ふ、副団長！　何をなさっているんですか！　手っ、手を！」

大きな手のひらで鷲掴(わしづか)みされた佐保の頭がギリギリと音を立て、慌てた御者がマクスウェルの腕にしがみつき何とか離そうと頑張るのだが、普通体型の成人男性の一人がしがみついたくらいではびくともしない。

「なあ、殿下。俺に何か言うことあるだろう？」

「う……ごめんなさい。ちょっと調子に乗りました。だから手を緩めて欲しいです……」

「わかりゃあいいんだよ。わかりゃあ」

どこか満足そうなマクスウェルを背後に、

「殿下、大丈夫ですか？　ああ……っ、髪がこんなに乱れてしまって！」

しっかりと留めているとはいえ、佐保の頭にあるのは鬘だ。加えて今日の髪型は後頭部で結い上げられたいわゆるポニーテール。しっかりと整えられていた分、結んだ紐(ひも)の部分が緩んで心もち下がってしまっていた。

「どうでしょう、殿下」

「ん、たぶんこのくらいならリボンをきつく結び直せば大丈夫だと思います」

「それじゃあもう一度中に」

余計な手間を掛けさせて――と横目でじろりとマクスウェルを睨(にら)むクコッティは佐保が皇妃になってから新たに専用馬車の御者に召し抱えられた男だが、一年以上の付き合いの中でそれなりにマクスウェルら騎士たちとも気安い関係を築いていたからこその態度である。一応、いざという時のための戦闘訓練も受けているため、肉体言語でわかり合っている可能性もあるが。

「櫛はないけど、何とかなるかな」

紐は解かずに締め付けだけをきつくして整えた佐保に、

「今度から馬車に常備しておきます」

真面目な御者は真面目に頷いた。応急手当ての諸道具や武器などが椅子の背や下に隠されているのは当然としても、櫛まで備える必要があるとは佐保も思っていない。

そうなのだが、

「いいえ、商家の奥方様が使う馬車などには鏡と併せて化粧道具一式を収めた棚が作られていることも珍しくありません」

「そうなんだ」

驚いてマクスウェルの方へ顔を向けると、幅広く女性たちと付き合いのある男は「よく聞く」と頷いた。

「そうなんですね」

「失念していた私の不手際です」

御者は深く頭を下げたが、櫛一つで謝罪されるものではないと思っている佐保はすぐに頭を上げさせ、明るく言った。

「気にしないでください。櫛の有る無しなんて普通気になんてしないですから。僕の普段の髪だって、朝に櫛を通したらお風呂から上がるまでそのまま放置なんだし」

直毛の黒髪は手入れが楽という点でも非常に優秀だと佐保は思っている。

ここにミオがいれば、

「佐保様、大きな声で威張って言うものではございませんよ……」

などと嘆息したことだろう。

案の定というか、御者と副団長は何か言いたげに口元をむにむにと動かしてはいたが、言及することなく流すことにしたようだ。

「まあ、必要があればだな」

「そうですね。帰ったらミオ殿に相談して必要とあれば持ち込むように手配を取っておきます」

通学時に支障がないように地味な外装の小型馬車ではあるが、素材やつくりは普段佐保が王城内を移動するのに使っている馬車と同じだ。そちらも櫛や鏡は備品としては存在せず、ミオが用意していたくらいである。

「そこまでしないでもいいと思うけど」

「御者には御者の拘り（こだわり）ってもんがあるんだよ。それよりも行くぞ」

「あ、そうですね」

佐保は慌てて荷物を抱え直した。通っている学生があまり多くない時間帯を選んで比較的遅い時間に到着するように調整しているため、少し早めに歩く必要はあるかもしれない。

「重ければ持つぜ」

「これくらい大丈夫です。それじゃあクコッティさん、行ってきます」

「行ってらっしゃいませ。帰りもお待ちしております」

頭を下げて見送るクコッティに見えないと知りつつ、佐保は小さく手を振った。

「遅れないように頑張って足を動かせよ」

「はい」

佐保は大股の早足で歩きだした。半歩下がってマクスウェルが着いて来ているのだが、明らかに足の回転数が違う足音に若干の悔しさを覚えたのは内緒だ。


午前中の授業を終え、今日も持参した弁当を友人たちに絶賛されながら過ごした佐保は、午後の専門科目へ行く彼らと別れ、

「よし」

と誰も見ていないのをよいことに気合を入れた。

今日は楽しみにしていた月神や幻獣などの文化伝承を扱う「幻獣伝承と月神」の授業が初めて開かれる日なのだ。講師の説明によって進められるその講義は、レグレシティスが是非にと薦めてくれた内容でもあり、佐保自身も日頃から本を読んだり調べたりと興味のある事柄なので、とても楽しみにしていた。

講師の都合で年度の始めから組み込まれていた講義枠ではないが、短期で終わる授業も多いと知ってからはそんなものかと思うことにしていた。似ているところもあるが、日本の教育カリキュラムやシステムとは基本的に別物なのだから（ちなみに、佐保は知らなかったが、日本の大学でも集中講座という短期間で行われる講義は珍しくない）。

（早めに教室に入っていい席を取らなきゃ）

学年が混じる授業なので決まった席というものはない。教室の広さは大小あるものの、佐保がこれまで受けた「席取り合戦つき授業」で満席になったことはないので座れないことはなさそうだが、十三歳の子でも佐保より体格がよい生徒ばかりなので、板書が見えなくなる席だと目も当てられない。

ゆったりと午後の授業に向かう生徒たちの間を小柄な佐保はいそいそと早足で歩いた。

（今日は最初だから先生の自己紹介とかかかな？　それともすぐに授業になるのかな）

午後の授業は専門的な分野に分かれているので一回の授業時間は午前より一・五倍と長い。だがたとえ二倍三倍の長さであったとしても、きっととても短く感じてしまうのだろう。

(わからないところは質問したりしても大丈夫だといいんだけど。それにお城にはない本のことも教えて貰いたいな、レグレシティス様にも教えてあげたいし)

この授業があるからこそ学術院に通う手配までしてくれたレグレシティスのためにもと、若干肩に力を入れつつ指定の教室に向かった佐保は、

「――あ、あれ？」

中に入った途端に見えた黒板の文字に足を止めた。

「え、うそ……人数増えたから部屋の変更……って第三大講堂？　――ってどこ……？」

これはいけない。

(第三大講堂はたぶん絶対第三講義室とは違うはず)

佐保はくるりと後ろの廊下を振り返った。確かここに来るまでの間に構内地図のレリーフが壁に飾られていたはずなのを思い出し、戻って確認しようと考えたからだ。

(迷子になったら笑えない)

朝に副団長と迷子の話をしたのがよくなかったのだろうか。日本にいた時も今時の高校生というには世慣れていない佐保だったが、この言葉は知っている。

(フラグってこうやって立って回収されるものなんだ……)

これが不運に繋がるのか、反対によいものを引き寄せるのか今は不明だが、取りあえず急いで場所の確認をしなければならない。佐保は体を廊下側に向かって反転させ、勢いよく一歩を踏み出そうとして、

「うぷっ！」

固い壁に顔を真正面からぶつけてしまった。

高くはない鼻なので潰れる心配がないのはよいことだが、それなりに痛みはあり、思わず目に涙が浮かんでしまって鼻を押さえながら目尻の涙を拭う。

そんな佐保に目の前の壁の上の方から低い男の声が掛けられた。

「――すまない。大丈夫か？　いや、大丈夫じゃないな」

「いえ、大丈夫です。ちょっとぶつかった時の痛さで反射的に涙が出ただけで、怪我（けが）はありません」

気にしている壁――身長も高く体格のよい男子学生に平気だと伝えるため、鼻から手を離して相手の顔を見上げた佐保は、

「あ、あれ？」

どこか見覚えのあるような気がする顔と身長に首を傾げた。顔そのものはうろ覚えだと思っていたが、実際に再会してみれば思い出せるものらしい。

同様に、相手の学生の方も佐保に気づいたらしく青紫色の瞳が大きく瞠（みは）られる。

「あ……君はこの間の」

「はい、この間教室まで案内していただいた迷子です。あの時は大変お世話になりました。おかげで授業にも間に合いました。ありがとうございました」

もう一度会えれば礼を言いたいと願っていた学生との思わぬ再会に、佐保は頭を下げながら礼を述べた。これも朝の話題の時に思い出したので立てたフラグの回収なのだろう。

しっかりと頭を下げた後、よかったと安堵の笑みを浮かべる佐保を見下ろす学生の表情はどこか戸惑っているように見えた。

「あの時のことは気にしないでいい。私……俺も偶然通り掛かっただけだ。それに新入生で道に迷う者は毎年必ずいるものだと上級学年もわかっている。——だがそうは言っても気になるのだろう？」

「はい」

「感謝の気持ちだけ貰っておく」

それで十分だと佐保は笑顔で頷いた。

「だがあまり建物から離れた人がいない場所は危ない。迷わないように気を付けた方がいい」

「はい。知り合いにも友達にも言われました」

「よい友達が出来たんだな」

「とてもしっかりしたいい友達です」

「そうか」

改めて見て気づいたことだが、上級生だという彼の整った顔は愛想がいいとは言えなかったが、目を細めて口元で笑む表情は柔らかく、学院に通う裕福な家の子たちが持ちがちな堅苦しさや敷居の高さを感じることなく安心して対峙することが出来た。

この人は大丈夫——。そんな気がする。

同じ学級の生徒たちはそこまで露骨ではないが、中には自分の家の権力を嵩に懸かった物言いをする学生もいる。彼らには普通の態度なのかもしれないが、街中の庶民出身の子供たちは萎縮しがちだ。

寮の食堂でも「自分に釣り合う家の人」で微妙に固まっている集団もあるという。雑談の中でそう教えてくれた双子の姉アンゼリカなど、

「身分とか家の格ならうちに敵うところの方が少ないでしょ。揉めた時にはいざとなったら私が収める！」

などと内輪で豪語している。年功序列第一主義が優先されるのでなければ、頼りにしてもいいのだろう。もっとも、ある程度は学術院側も把握して動いているため、少なくとも目につくところで陰湿な問題を見たことはない。

佐保の身を守れることが前提で、安全だと判断して送り出してくれるレグレシティスや団長たちの学院に対する信頼がずっとそのままでありますようにと願うばかりだ。

そんなことを考えていた佐保は、自分が移動中なのをはたと思い出した。

「そうだ。第三大講堂……」

「第三……なるほど」

佐保の呟きが耳に入ったのか、白墨で大きく書かれた文字が見えたのか、学生がなるほどと頷いた。

「君はこの講義を受講するのか？」

「はい。楽しみにしてたんです。でも教室の場所が変更になっちゃって」

「それなら俺が案内しよう」

「いいんですか!?」

とても嬉しい申し出だが、この学生も次の授業があるだろうから、方角だけ教えて貰えればと口を開きかけた佐保へ背を向け、顔だけ振り返りながら彼は、

「俺もこの講義の受講者だ。俺の名はエイクレアという。騎士科の最上級生だ」

エイクレアはそう名乗ると先に立って歩き出した。

一瞬意味がわからず呆けた佐保は、少し先を行く背中を慌てて追い掛けた。同じ授業に興味を持った人と直接知り合えた嬉しさのせいか、すぐに追いついて隣に並ぶ。

「クサカです。よろしくお願いします。エイクレアさん」

本日三回目の小走りはどうやら短くて済んだようである。

お喋りというほどたくさん会話はしなかったが、見るからに不慣れな佐保を気遣ってか、学院の特徴や細々とした注意を教えてくれた。途中の曲がり角など要所要所でもわざわざ立ち止まり、佐保が一人で来ても迷子にならないように道順を示してくれた。

そして短い散歩のような移動の先に辿り着いた第三大講堂は、大講堂という名前だけあって大きく広かった。緩やかな勾配のついた階段状の座席、高い天井、上下に二枚、左右にも二枚並べた可動式の大きな黒板。もしかすると日本の大学の教室の方が広いのかもしれないが、マイク無しに授業をするのなら声が届くギリギリではないかと思われた。

一番乗りだと思っていたが、迷いそうになったこともあってか既に数名が前の方の席に座っている。

(早めに動いて正解だった)

早くに来ているくらいだから佐保と同じくこの授業を楽しみにしている学生ばかりのはずで、前列や窓際の方には荷物だけ置かれている席も幾つかあった。今回の授業内容によってはもっと早く移動して席を確保しておいた方がいいかもしれない。

ひとしきり大講堂の中を見回した佐保は、中央寄りの最前列に空席を見つけた。斜め前に教卓はあるが、最前列が通常床より一段高くなっているので黒板が見えなくなる高さや位置ではない。

佐保は荷物を置く前にここまで案内してくれたエイクレアを見上げ、ぺこりと頭を下げた。

「どうもありがとうございました。おかげで遅刻しないで済みました」

「道順は覚えたか？」

「はい。……何となくですけど、たぶん次は大丈夫じゃないかと。次までには覚えている構内の場所も増えていそうですし」

希望的観測ではあるが、第三大講堂に来るまでの間に何度か使ったことのある教室がある建物も見えていた。目印にすればそこまで苦労することはないと期待したい。

「それに覚えてなさそうな時にはお昼を食べ終わってから早い時間に友達に連れて行ってってお願いするつもりです」

いつもは午前最後に使った教室や外で食べた後、それなりの時間を休憩とお喋りに費やしている。喋るのはもっぱら双子姉のアンゼリカが多く、残りの双子弟クリステンや佐保やアルフリートはたまに相槌を入れつつ話を振られた時に答えるくらいではあるのだが、忙しなく時間に追われることもないのでかなりゆったりとしていた。

「友達は頼みを聞いてくれそうか？」

「駄目な時は駄目だという人たちだから大丈夫だと思います。頼らないで自分で行けるのが一番だから、僕がしっかりと覚えたらいいことだし、保険程度ですね」

誰かに何かをして貰うことを前提とするのが高位の人たちには多いらしいが、生憎佐保は「自分で出来ることは自分でする。でも手遅れになる前に助けを呼ぶのも大切」が信条の生まれながらの庶民だ。皇妃になったからと言って、身に着いた価値観や性質は変わらない。

だから当たり前のように言ったのだが、なぜかエイクレアは目を瞠った後でふっと小さく笑ったようだ。

(もしかしてお金持ちの子が多いから、僕もそうなのかと思われていたのかも)

それなら青年の驚きにも納得である。

(でも僕はレグレシティス様とか宰相様たちみたいに自然に他の人を扱ったり命じたりすることは出来ないし、庶民代表みたいなものだからなあ)

ここまで来る間でクサカという名前と学年以外を伝えてはいないし、佐保もエイクレアの名前と最終学年ということだけしか知らないので、彼がどう勘違いしているのかは少々気になるところである。

「そうだな。そういう友達がいるなら安心だ。遠慮せずに頼れるときは頼るといい」

「はい。そうします」

笑顔で佐保はもう一度礼を述べ、取りあえず抱えて来た荷物を置いた。そして、その場を動かない青年に、

「エイクレアさん……エイクレア先輩は」

どこに座りますか――そう尋ねようとした時、新たに教室に入って来た上級生らしき生徒が佐保を見て、それから隣に立つエイクレアを見て首を傾げ、微笑を浮かべながら青年に声を掛けた。

「君の席はもう取ってるよ、エイクレア」

軽く背中を叩いて佐保の横を通り過ぎた上級生は、窓際の前から二席の間に立ち、両手でポンポンと二つの机の表面を叩いた。

「私が前で、君が後ろだけどよかったかな」

「ああ、ありがとう」

「どういたしまして」

彼らの席は佐保の席から左に二つ机を挟んだ縦の並びで近くではあったが、友人と合流したのなら と佐保は会釈だけして椅子を引いて座り、筆記具と帳面を出した。午前の分の板書はすべて書き写せていたが、書き写すだけでいっぱいの部分も多かったので、こうした空き時間は復習に使っていた。夜、レグレシティスに報告するのに自分がわかっているのといないのとでは伝え方も雲泥の差だからだ。

（よかった。急いで書いたから汚い字になってるけどちゃんと読める）

基本的に佐保は大陸公用語で書くようにはしているが、早口の口述など追いつかないと判断した時には遠慮なく日本語を使って書いていた。同じ汚い文字なら見慣れた平仮名や漢字の方がまだマシと悟ったのだ。

佐保はちまちまと帳面の文字を訂正していった。城に置いている帳面にも同じことを丁寧に書き写して正式な保存版にするつもりのため、佐保の復習回数は二度三度となっている。一度で済むところを追加で二回は確実にするのだから、手間としか言いようはないのだが、文字や単語の練習にもなると割り切っている佐保なので苦でも何でもなかった。

皇妃として公務に当たる時間を調整してまで与えられた大切な機会を蔑ろにする気は佐保にはない。

そうやってカリカリとペン先を進めていると、ふと手元に影が差し、

「それはどこの文字？」

先ほどエイクレアと話していた上級生が斜め後ろで腰を屈めて肩越しに帳面を覗き込んで来た。喋っている声を聞いていなければ女性と見間違えそうな容貌の麗人だ。その彼のさらりと零れた白に近い薄く淡い茶色の髪と薄い灰色の瞳が、慌てて顔を上げた佐保の視界に映る。

（髪の毛は金髪かな？　目は灰色っていうか……銀色？　レグレシティス様の色よりも薄くて……一円玉の色にそっくり）

具体的な色の描写よりも一円玉が出て来るところも佐保の庶民らしさなのだが、生憎この場に同郷の者は一人もいない。もっとも、仮にトーダがいたとしても「アラザンの色だ」と菓子の材料の名を挙げただろうから、二人とも似たようなものなのは間違いない。

その銀色の瞳が佐保の返事を待っている。

佐保は数回パチパチ瞬きして、慌てて首を縦に振った。

「僕の、生まれた国の文字です。サークィンの字は書けないことはないんですけど、早く書くのはまだ苦手だから、自分が読める字で書いた後で、公用語で書き直すようにしているんです」

「マイルトルテ、この人は――他所（よそ）の国からの留学生だ。正しくは聴講生ということらしい」

　道中佐保から中途入学の理由を聞かされていたエイクレアの補足に、佐保は頷（うなず）いた。そう、学術院の生徒として通ってはいるが、他の学生のようにすべての授業科目を履修するにはいくら公務を調整しようが時間が不足するのは明らかなので、正式な高等学術院生ではなく聴講生というのが学院内での佐保の立場だ。

　これまでも一時的に学生の身分を得た他国の子供が留学したり、聴講生として通っていた実績があるため、特に珍しくもない――というのは、佐保のように国の中での身分を隠さなければならない人間には嬉しい事実だ。

　実際に今の学院においても佐保以外にも短期間だけ在籍する生徒や、再履修のために専門科目だけ受けに来たという外部生もいるらしい。佐保はまだ見かけたことはないが、上級生が多くいる授業を受講する双子の姉は何人かの大人も一緒に授業を受けていると言っていた。

　そんな前例があるせいか、薄い金髪の麗人は、佐保の説明を特に疑問に思うことなく納得したようだ。出身国を尋ねられた時にはそのまま「ニホン」と答えていいという許可はレグレシティスや宰相から得ているので、嘘をつく必要はないのだが、上級生ならば様々な理由で学院に来ている生徒がいることも把握しているのか、マイルトルテと呼ばれた上級生からも深く追及されることはなかった。

それよりもマイルトルテの視線は佐保の帳面に釘付けだ。どこの国の文字かということよりも、文字の形そのものに興味津々と言った感じで、相変わらずの肩越しの姿勢で熱心に眺めている。

（なんかいい匂いがするんだけど、この人……）

柑橘系ほどきつくなく、花ほど甘くなく、少し爽やかな甘さのある匂いは、鼻にきついものが多い香水ではなく、焚き染められた香のようにも感じられた。

（あんまりよく知らないけど、アロマみたいなのかな？　ミオさんがよく買って来る精油で香りを飛ばすのみたいな）

水に浮かべて火をつけて香りを出したり、上品な素焼きの欠片の上で熱したりしたものが寝室にもよく置かれている。思い出した佐保は咄嗟に首を下に向けて胸元から匂わないか確認したが、身についてしまっているのか自分ではわからなかった。学院で身分を隠して他の生徒に混じる佐保のことを考慮して、通学中はミオが精油を焚くのを控え目にしていることを佐保だけが気づいていないのは、お約束のようなものである。

それにしても、と佐保は上級生の横顔をちらちらと盗み見ながら思う。

（なんだか色気のある人だよね、マイルトルテさん）

さらりとした長めの前髪が窓から差し込む陽光に透けているのは、光のカーテンのようだ。しっかりと見る度胸はないが、線の細い中性的な美しい顔立ちと姿形は、リー・ロンに通じるものを感じる。佐保の中でマイルトルテは「団長様と同じ」という属性に分類された。無意識のうちに、姿形だけが似ているわけではないと判断してしまっていることに佐保は気づいていない。

ともかく、言い換えれば畏れ多いとも言う相手に対し何をどう声を掛けて今の状況を打開すればよいのか迷っていると、

「近すぎる」

後ろからエイクレアがマイルトルテの肩を摑んで後ろに引き離してくれた。最初は黙って様子を見ていたものの、一言二言話した後は沈黙したまま覆い被さるようにして帳面を見ている友人の姿に、流石に止めなければと思ったのだろう。

引き離されたマイルトルテは残念そうに佐保の帳面に目を落としていたが、すぐに佐保へ苦笑を向けた。

「ごめんね。見慣れない文字だから気になってしまって。熱中すると周りが見えなくなるとはよく言われるんだけれど、いつも忘れてしまってね」

きれいな微笑を浮かべた上級生は改めて自分の名を告げた。

「エイクレアと同じ最上級生のマイルトルテです」

「一年生のクサカです。よろしくお願いします」

「私の方こそ。学年は違うけれど同じ講義を受ける仲間だからよろしくお願いします」

立ち上がった佐保と二人、頭を下げ合った。外見の色彩的な特徴から想像される雰囲気は硝子か水晶を通した冷たい光だが、言葉は丁寧で柔らかく、佐保も気後れせずにいられた。

佐保には座るようにと言い、上級生二人はまだ空いたままの近くの椅子に座った。どうやらまだ話を続けるつもりらしい。前の授業の見直しをする時間はなくなったが、せっかく知り合えた上級生との関わりを無視してまで続けるものではないと思っているので、佐保も帳面だけは開いたまま二人の方を向いた。

「この講義は運がよい年にはあるという不定期開催で、去年はなかった分、今回の受講生は多くなる予定なんですよ」

「そんな頻度だったんですか？」

「ええ。学術院在籍中ならいつでも受講が出来るというのが油断になるのか、後から興味が出て来るのか、高学年になるほど受講生が増える傾向にあるんです」

だから佐保のように最下級生がいるのが珍しいのだという。中には受講する一年生もいるかもしれないが、大抵は卒業に必要な単位取得に難が出て来そうなものを先に終わらせるのが通常らしい。例えばマイルトルテの国文科——国の文官を養成する科であり文学を専攻するのではない——では語学や法律などの基本に加え、一般教養も高度なものを要求される。早めに単位を取るための努力は入学してすぐから始めて早いということはないのである。

「この授業も単位取得は出来ますが、専門科に進むのにも卒業にも必須というわけではありません。でも大講堂を使わなくてはいけないほど人気があります。特に今年は」

マイルトルテは目を細めて笑った。

「どうしてだと思いますか？」

「久しぶりの講義だから……というわけではないんですよね。先生が有名で人気だからですか？」

「それもあります」

マイルトルテは強く肯定した後、指を一本立てて上に向けた。つられて見上げた佐保は、

「あ」

天井に描かれたものを見て声を上げた。

「……神花（しんか）」

天井の中央から蔓（つる）を伸ばす蕾の状態の神花が淡い色彩ではっきりと描かれていたのだ。

この大講堂に入った時に天井が高いなとは思ったが、広さと高さに驚いたのと、いい席を探す方に気が向いていて細部まではよく見ておらず気が付かなかったのだ。

しかしよく考えれば神花が描かれているのは当たり前でもあった。普通の一般家庭にさえ神花を模したものがたくさんあるのだ。

学院内の柱やレリーフの縁取りなど幾つかには佐保も気づいていたが、ここまではっきり大きく描かれていると逆に気づきにくいのかもしれない。

「昨年、神花に纏わる大きな出来事がありました。サークィン国内でも大きな出来事が」

（それって……僕とレグレシティス様の結婚式だ）

長く眠り続けていた神花が幻想的な美しい花弁を開いたのを、人々は確かに見ていた。城の隔壁を埋め尽くした神花は、花こそ散ってしまったが蔓はそこに残されたまま、今もまだ国民へ姿を見せ続けている。そして、月神の愛でる花と呼ばれる可憐な花たちは、今も時折種子を空から落としながら佐保の庭で咲き続けている。

「実際の神花を知らない人がほとんどだった。みんな絵や飾りでしか見たことがなかった。それも蔓と葉だけのものだけで、花など知られていなかった。だからみんなは」

「知りたいと望んだのだ」

マイルトルテの声に被さるように男の声が聞こえ、はっと教壇の方へ顔を向けた佐保は見た。ゆったりとした衣服を纏（まと）い、背筋を伸ばして立つ大柄な男が腕に数冊の書物を抱えて立っている。深い緑がかった灰色の瞳はマイルトルテのアルミニウムとは違い、レグレシティスの髪の色である鋼色に近い、深く濃い灰色。

「オーランド……ベア先生」

マイルトルテもエイクレアも目を瞠り、そんな学生たちを一瞥したベア先生——オーランド＝ベア教授は、大講堂の中にいる全員に聞こえるように声を発した。

「これが落ち切れば講義を始める」

言いながら貝殻素材で出来た砂時計を教壇の上でひっくり返し、それを見た生徒たちが慌てて着席する。二人の先輩と話をしている間に、いつの間にか人が多く入って来ていたようで、座席はほぼ満席に埋まっていた。

エイクレアとマイルトルテも自分の席に戻り、佐保は講義用の帳面を開いて背筋を伸ばし、書物を開きながら静かに砂が落ちるのを待っているオーランド＝ベアを見つめた。

どきどきと胸が高鳴るのを感じながら佐保は、青い砂が落ち切ってしまう瞬間までそれをじっと見つめていた。

遍く月神の存在がある——。それが佐保が抱いているこの世界の印象だ。

救済を得るためでなく、自己研鑽のためでもなく、広く世界に浸透している。月並みな表現で喩えるなら、この世界に生きるものたちの母とも言えるのではないだろうか。

月神は人々の前に姿を現さない。しかし代わりに多くの神獣や幻獣が遣いとなって人々の目の前に実態を持って顕現する。

神花、月蝶（げっちょう）、月狼（げつろう）、月馬（げっば）などは佐保も書物の中で目にする機会が多いが、オーランド＝ベアが口頭で述べただけでも二十以上の生き物に「月」をつけられたものが存在するというのだから驚きだ。それも判明している分だけとのことなので、人が知らないか或（ある）いは気づいていないものが身近にひっそりと存在している可能性もないとは言えない。

（狼がいるんだから月犬（つきいぬ）や月猫（つきねこ）がいてもおかしくないよねえ）

人が暮らす土地に根付いたもの、人里を離れて密やかに営んでいるものなど、神獣・幻獣たちも持っている個性はバラバラだ。

月の名を冠する月神の眷属（けんぞく）たちは自由気ままに暮らし、彼らの瞳を通して月神は人の世を知る——という内容は、多くの書物に記載されている。当然のことながら、月神に尋ねるわけにもいかないので、これら定説が真実かどうかはわからない。

しかし、実際に国内を乱す大きな流れがある時など、その場で見ていたとしか考えられない介入が記されていたこともある。

サークィン国民なら誰もが知る「寒がりな皇帝」が王都を南に移した時に災厄に見舞われたように、神花もしくは月神自身の意思が存在していると考えざるを得ない事象も起こりうるのだ。

「ここにいる中にも王都で開花した神花を見た者はいるのではないか？」

ぐるりと大講堂の中を見回すベア先生の問いに、何人もが頷くのがざわめきで伝わって来た。一時は列が出来て入城制限をしなければならないほど人が押し寄せて来たので、王都にいたのなら見に行かない理由はなかっただろう。随分長い期間、城壁を華やかにしていた神花は今は蔓を少し残しているだけだが、それだけでも見応えはある。

（街中で咲いたこともあるけど、こっちはあんまり知られていないのかも？）

拉致された佐保とバツーク国のカザリン王子を守るため、救出に向かうレグレシティスたちの道標となるために開花した時は、現場検分などの役目を終えると二日経たずに消えてしまったと聞いている。棘の一刺しによるほんの僅かな量でも死に至るというくらい猛毒がある神花なので、対策を講じる必要がなくなってよかったと佐保に話してくれたのは宰相だった。

「最近になって王都に来た者で、まだ実物を見ていないのであれば第一隔壁で見学が可能だ。花はもう咲いてはいないが、蔓だけでも見る価値はある」

城の中にあるもの以外、これまでいつどこに根付くかわからなかった神花の性質を考えれば、一年以上経つのにまだ蔓だけでも見られることの方が奇跡に近いらしい。

本宮の窓の外に目を向ければ咲いている神花をいつも見ているると感覚が麻痺しそうだが、一般的には手を合わせて拝みたくなるのがサークィン国花でもある神花なのだ。

（グラスとリンデンのおやつになってることは流石に先生たちも知らないか）

本宮では見慣れたいつもの微笑ましい風景だが、神花や幻獣からイメージされる神秘性を損ないかねない危険性もあるため黙しているのが吉だろう。

ベアの説明は続く。先ほどの神花ではないが、王都在住の学生含めそもそもが幻獣の名称や特性は書物で読んで知っていても実物を見たことのある者はほぼいない。ほぼ、となるのは神花を国花とするサークィン以外の国に棲む幻獣の中には、機会さえあれば目に触れることが出来るものもあるからだ。

「例えば月蝶は目撃されている場所はほぼ同じだ。羽化の時期に訪れれば見ることが困難ではない部類だ。草原の民は時々駆ける月馬に遭遇することもあり、月狼は遠目に見るだけなら現在は比較的簡単だと言われている」

数えるほどしか目撃例がないのは海に棲む月魚で、海洋の航行中に白く光る魚を見ただの、巨大なひれを靡かせて優雅に泳いでいただのと証言されているが、仮にそれが月魚であったとしても話を聞く限りかなりの大きさがあるため、全体像を見たことがある人間はいないのではないかと言われている。目撃例の中には人の顔をしていたという人魚を連想させる話もあるらしいが、偶然出会う以外に確かめる術は見つかっていない。

（人魚はないとしても、魚じゃなくて亀とか蛸の可能性もないわけじゃないってことか。大きいなら

鯨とか、イルカもありなのかな？　海の生物にどんなのがいるのか、今度副団長様か団長様に聞いてみよう）

海と対を為す空を飛ぶ月鳥は飛竜ほどの大きさだと言う者もいれば、月蝶のように群れで飛ぶ小さな鳥だという者もおり一定ではない。その月光のような皓さから月鳥と言われているだけであって、実際には他の鳥の可能性もある。佐保が取り寄せた図鑑には大きい方と小さい方の二種類が不確定要素だと注意文を入れて記されていた。

（鳥じゃなくて竜だったりしないのかな？　月竜って響きからしてかっこいいんだけどなあ）

大人しい佐保でも竜には少し憧れる。皇国では冬になると北の山脈から降りて来る「冬様」ツヴァイク（伝令用の飛竜）くらいしか有名な獣は知らないが、他にも見たことのない獣が国内にいれば月神と関係なく見てみたいものである。

「――月神と関係が深いものには生物だけでなく、他にもある。割と有名だから知っている者も多いだろう」

ベアは黒板に向かって大きく円を書き、白墨でカツカツと音を立てながら大きな文字を書いた。

短い羅列なので佐保もすぐに読むことが出来た。というよりも、見知った文字だったというのが大きい。

「そう、鏡湖だ」

鏡湖。月神がこの世界を見るために作った鏡の役目を持つと言われる湖だ。よほど小さな国でない限り、どこの国にも最低一つはあるという透明度の高さを誇る澄んだ湖は、日中は空を湖面に映し、夜は月の明かりを映し込む。近くで見れば底の方まで青く見えることもあり、温泉が近くに湧くサークィン皇国の場合、保養所を兼ねた観光地にもなっていた。

「鏡湖のある場所は国によって様々だが、森林や山など人の生活圏とは離れた静かなところが多いという共通点はある。月に近い場所との考えから山の上など高い場所に好んで作られているという説もあるが、地底や海中洞窟でも存在が確認されているため、静かな場所であれば高度は問わないだろうというのが最近の見解だ」

「ほぉ」という驚きの混じった声が学生たちの中から小さく幾つも聞こえた。佐保も声こそ出さなかったが、同じ気持ちだ。

（地底は地底湖とか聞くから何となくわかるけど、海の中にも湖があるってどんな感じなんだろう？）

海水ではなく真水なのか、他の鏡湖と同じ成分なのか、生物が生息しているのかなど気になるが、同時に地上から見ただけではわからない海の中にまで潜って調べようとする学者たちの熱意には感心する。

「実際に鏡湖と月神が繋がっているという確実な証拠はまだ見つかっていないが、言い伝えとして残っている文献によると月神の使者を介すことなく、直接的な意思表示などの働きかけがあったらしい。

色が変わる、匂いがする、風がないのに水面に水紋が現れるなど以外に、見たこともない景色や風景が映っていたこともあると残されている」

鉛筆を走らせていた佐保は一瞬手を止めながらも、小さく頷いた。

（本当だよ。僕も見ているんだから）

ミネルヴァルナ州の夜の鏡湖。レグレシティスと二人で夜の小舟に揺られていた時、佐保がいなくなった後の日本の家族の姿を見ることが出来た。手を伸ばせば届きそうなほど近くに、リアルな実像として見ることが出来た。一緒にいたレグレシティスには見えていなかったが、あの時に佐保が見た光景は夢や幻ではないと信じるに足るものだった。

「比較的有名なのは、国を追い出された王子が鏡湖の畔で野宿した折、王冠を抱く自分と美しい騎士の姿を見たという話で、聞いたことがある者も中にはいるかもしれないな。旅の途中で騎士と出会い、仲間を得て祖国を取り戻し王座に就いた時に王子は理解した。これはあの時の光景そのままだと。戯曲にもなり、公演もされている題材だ。機会があれば観てみるのもいいだろう。今期の講義の中で観劇も検討はしていたが、生憎日程の中に入ってはいなかった」

残念という声があちこちから聞こえ、ベアの口元にも苦笑が浮かぶ。

「教材として適当な題材が演目に上がれば報せて貰うよう劇場側には通達済みだ。ただあくまでも希望に沿うものがあればというのが前提だ。運がよければ一度は観劇もあるという程度に覚えておくといい」

絶対忘れませんという合いの手のような声が四方から飛んで来て、佐保も笑顔で同意した。オーランド＝ベアは厳格で私語は絶対に許さないという第一印象なのに、学生の軽口を流す心の広さがあるようで少し意外だったが、

（思ったよりも楽に授業に参加出来そうでよかった）

佐保は安心した。学生たちの態度もだが、ベアの方も学生たちの声を拾い、反応を見ながら言葉を変えるなど対応しているように感じられたからだ。メリハリのある授業は佐保も歓迎するところであった。

その後もたまに学生たちと対話を取り入れながら、今期の授業内容について説明があった。その時に参考文献として数冊の書物が紹介され、中には佐保が知らない題名もあったためしっかりと帳面に書き留めた。大きな文字でわかりやすく板書されたのも大いに助かることだった。

最後に、とベアは大講堂の中を見回して言った。

「サークィン皇国と月神、サークィン皇国と神花の関係は深く、切り離せないものだというのは周知のことだろう。特にこの一年の間に神花の認知度がこれまで以上に高まったことは疑いようもない事実だ。その神花や月神を語る時に忘れてはならない存在があることも君たちは知っていることと思う」

皇帝陛下だろう、皇妃殿下じゃないかと声が幾つか上がり、佐保は思わず顔を俯（うつむ）けてしまった。こ

の場で佐保のことを指しての呼び名でないのは理解していても、そうと知られずに連呼されるのは恥ずかしいものがあるのだ。

（顔、赤くなってなきゃいいけど……）

火照って赤くなっている気はするのだが、頬に手を当てて確かめるような真似をすれば目立ってしまうような気がする。自意識過剰と言われればそれまでだが、一度気になってしまうと自分の意思で火照りを抑えるのは非常に困難なのだ。

そんな佐保の状態を知るはずもなく、

「皇妃殿下と神花の逸話は最近になって知られるようになったもので、神花が多くの民の前で花を咲かせたことも関係している。城壁の神花が有名だが、王都の中で神花が咲いた目撃例もあり、それらすべてが昨年の皇帝陛下の婚姻を端緒にしていることから、皇妃殿下を神花の化身や現身、もしくは月神の愛し子と考える風潮もある。幻獣が守護についていることもその説を後押ししている」

ベアはさらに佐保が顔を赤く――いや青くするようなことを言うのだから、聞いている本人は堪ったものではない。

（うわあ……なんか変に誇張？　されてる……。化身とか現身とかそんなんじゃないのに。ただの平凡な一般人であって、そんな大層な者じゃないんだけど）

ラジャクーンの仔獣と皇妃の話は広報紙にも載るくらいだから確かに有名だが、二匹が佐保の守護獣だという感覚はない。将来的にはどうかわからないにしても現時点では佐保が庇護する側で、二匹は佐保とレグレシティスの可愛い子供でしかない。

尾鰭背鰭に胸鰭までつけられて、どうやって訂正すればいいのだろうかと小さく首を捻る佐保の耳に、

「実際にどうなのかはわからない。あくまでも噂であり、真実は異なるかもしれないし、事実なのかもしれない。皇妃殿下の話も後世ではさらに脚色されて伝えられる可能性もあるし、むしろ伝説の類というのはそういうものだ」

そんなベアの低く落ち着いた声が聞こえて少し落ち着いた。

（そう、だよね。本当のことってあんまり伝わったりしないものだって言うし。僕のことはともかく、身分の高い人を美化するのはよくあることだし）

自分だけに限ったことではないのだと思うことにする。そうでもなければ、今後も授業の中で現皇妃の話題が出て来ないとも限らないわけで、毎回顔を赤くして挙動不審になっていれば流石に他の生徒にも不審に思われるだろう。

「この授業では、それらの伝承などを取り上げながら時代の背景などもあわせて考察していくことになる。講義主体だが課題を与えることもある」

ベアは教壇に積み上げた書籍を上から軽く押さえた。

「提示した参考資料の一部は学院の図書館や公立図書館で閲覧することが出来るし、学院には交渉して関係資料の数を増やして貰うよう手配済みだ。課題に取り組む時には活用して欲しい。授業で使う資料は私の方で用意する。教壇に並べておくから毎回講義が始まる前に受け取るように」

そう言ってベアは濃い灰色の瞳を細め、口を開いた。

「君たちにとって、そして私にとって有意義な時間になることを願っている」

年長の男子学生が多くを占める中で、おおーっという歓声が沸き上がったのも納得の大人の貫禄と余裕だった。長年学生を相手に教えて来た自負なのか、講義内容に自信があるからなのか。

つられたわけではないが佐保も思わず、

（なんかかっこいい……）

などと思ってしまい、慌てて心の中でレグレシティスに「ごめんなさい」と謝った。

パチパチと小さな拍手が鳴る中、少し早口でベアが授業の終わりを告げるとすぐに大講堂を出て行く生徒もいれば、ベアに話し掛けている生徒もいる。

（どうしよう……僕も訊きたいことあるんだけど）

ゆっくりと片付けをしながら他の生徒が離れるのを待っているが、なかなか終わりそうにない。以前にもベアの授業を選択したことがあるのか、笑っている姿からはまだしばらく掛かりそうな気配がしており、諦めて次の機会に早めに話し掛けてみようと思い立ち上がり掛けたところで、横からエイクレアに話し掛けられ顔を上げた。

「次の授業に遅れるんじゃないのか？」

「あ、いえ。今日はもうこれで終わりなので」

それならなぜ？　と怪訝な表情を浮かべたエイクレアは、教壇の方へ視線を向け、

「ああ」

と納得したように呟いた。

「質問があるのか」

「はい。でも今すぐでなきゃいけないってわけでもないから、今度でもいいかなって思っていたところなんです」

にこりと笑みを浮かべた佐保は今度こそ立ち上がると、エイクレアにぺこりと頭を下げた。道案内をしてくれたことや授業前に話し相手になってくれたことへの感謝と、今日はこれで帰りますの意味を込めたつもりだった。

しかし、

「ベア先生、一年生が質問があるそうです」

エイクレアの側にいたマイルトルテが教壇に近づきベアに話し掛けたことで、ベアを含む数人の学生からの注目を浴びてしまった。

（いや、あの……そんなにじっと見られると身の置き所がないというか……）

彼らに悪気は一切ないのはわかっている。話を中断させられて気分を害してというのでないことも、続く上級生たちの会話でわかった。

「ああ、一年か。悪かったな」

「俺たち別に質問やらそんなのではないから気にしないで声を掛けてくれてよかったんだぞ」

代わる代わる声を掛けて来る彼らは佐保を見て、

「初々しいな。一年ってこんな小さかったっけ？」

「お前が初等部の頃からでかくて可愛げなかったのは覚えている」

「お前なんか昔は可愛かったが今は面影なんて欠片もないけどな！」

などと笑いながら軽口を叩き、場を明るいものにしていた。様子を見る限り、実際に雑談しかしていなかったのだろう。

「じゃあ俺らはこれで」

などと言いながら彼らは次々に佐保の紅茶色の髪――頭をひと撫でして去っていった。

「なぜ頭……」

朝の副団長といい、今日は頭を撫でられる縁があるのだろうかと自分の頭に手を乗せてみるも、特別に触り心地がよいという感じでもない。ミオが丁寧に手を入れてくれるから質は保たれているが、それとて鬘である。佐保の自前の黒髪と大差ない上、今日は纏めて引っ張って後ろで結んでいるからふわふわでもないはずなのに。

首を傾げつつも、上級生たちが佐保のために雑談を切り上げてくれた機会を無駄にしたくはない。

なぜか見守る体勢のエイクレアとマイルトルテの微笑にもぞもぞしながら、佐保は思い切って教壇の前、ベアの前に立ち知りたかったことを尋ねるべく、口を開いた。

「この本について教えていただけますか？」

「――それで収穫はあったのか？」

「ありました！　たくさん教えて貰えました」

まだ湯気の香りを纏ってほかほかと温かいレグレシティスの腰に腕を回して抱き着いて、佐保は満面の笑みを浮かべた。政務が立て込んでいたのか、今日のレグレシティスは久しぶりに帰宅が遅く、夜の食事も城で取っていたため、ゆっくり話せるのは湯浴みを済ませてからだった。

学院から帰宅した佐保は、最近では日課となった本宮での雑務を終わらせた後、仔獣や青鳥（あおどり）の世話をしながら少し遊び、夕食後に復習を終えた後で再び仔獣を甘やかす時間を取りながらレグレシティスの帰りを待っていた。

深夜でこそないが夜の遅い時刻であるのは間違いなく、レグレシティスが帰宅するまで対応をしていた侍従長キクロスも今は自室に下がり、二人だけの静かな時間である。

暖炉側の椅子に腰掛けたレグレシティスの濡れた髪を乾燥用の布を使って水気を取りながら、佐保は今日の出来事を語った。

行きがけ話題になった櫛が帰りの馬車の中にはしっかりと用意されていたこと、急な教室変更で迷子になりかけたところを助けて貰ったこと、寮で用意してくれた昼食用のパンが美味（おい）しかったこと、双子の弟が恋文を貰って困っていたことなど、言葉を選んでレグレシティスに伝える。

学校に通ったことはなくても視察などで高等学術院を訪れたこともあるレグレシティスだが、変色した半身と「毒の皇帝」の異名のために出来るだけ国民の前に出ずに済むことを考えていたため、訪問回数も皇太子時代を含めても五回ほどと少ない。

だからではないが、出来るだけわかりやすく、想像しやすい描写を選んで話すことにしている。そうすることで、佐保が送る学院生活を同じように感じ取って欲しいと思っているからだ。

それに、今日は待ちに待った月神や幻獣の授業があった日だ。レグレシティスもきっと報告を楽しみにしていたと佐保は疑わない。事実その通りでもあった。

「最初はすごく真面目な先生だなって思ったんです。だから話し方も固かったり、外したところもないんだろうなって。でも違いました。強弱……ん、緩急のつけ方が上手なんでしょうね。どういう時にどんな話し方をすればみんなが聞いてくれるってわかっていて、上手に言葉を操っているんだなって」

「言葉を操る、か。なかなかいい表現だ」

レグレシティスは膝の上に抱えた佐保のこめかみに口づけた。

ある程度髪は乾いたので、後は暖気で自然に乾くのを待つしかなく、手持ち無沙汰になった佐保はそのままレグレシティスの膝に横抱きにされて座っていた。

「レグレシティス様や団長様もそんな感じですよ。どうやれば人が話を聞くのか、どうやれば効果的なのかを考えながら話しているでしょう？　その場その場で臨機応変に変えられるからすごいといつも思います」

アドリブが効くというのはこういうものなのかとハッとさせられることも多い。原稿など見なくても、自分の言葉で自分の考えがちゃんと頭の中にあって話をしているのだとよくわかる。佐保も人の前に立って話す機会は増えたが、最初の挨拶などはレグレシティスや宰相に用意して貰った定型文が多く、まだまだ未熟だなと反省することも多い。

木乃からは、決まった文章の方が安心感を与えることもあるので一概にどちらがよいとは言えないと教えて貰ったが、理想はやはりレグレシティスや団長や宰相だ。かなり高い目標だが、よいお手本があるのに利用しない手はない。

「とにかく、授業は面白そうでした。先生の声も聞き取りやすかったし」

「では、期待には応えられそうということだ」

「僕の期待という点なら十分応えてると思いますよ。僕が持っていない本の話も聞けたし」

授業が終わった後の質問で、入手方法などを詳しく教えて貰っている。価格の方はそれなりにするものもあったが、入手可能であれば是非とも書斎の本棚に並べておきたいところだ。

「絶版になっていない限り入手は可能だろう。場合によっては古書店に埋もれていて一般には出回っていない可能性もあるが、探し出すことは可能だ。お前が必要だと思えば迷わず買うといい」

「ありがとう、レグレシティス様。元々の数が少なかったら高いかもしれないけど……」

「学生に紹介するくらいだ。金銭面でそこまで入手困難というわけではないだろう。それにな、佐保。私は甲斐性のない夫ではないつもりだぞ？」

ふっと声に出して笑ったレグレシティスが、佐保の上唇を軽く食む。

「ん……っ、別に甲斐性がないなんて思ってないです……よ？」

「だが世間ではそうやって批判される夫も多いと聞いている」

「……レグレシティス様」

佐保は近づく顔を手で押して遠ざけて、困ったように眉を寄せた。

「それって、副団長様の入れ知恵ですか？　ううん、副団長様以外にそんなことレグレシティス様に言う人いないと思うからきっとそうですよね」

指摘に目を見開いたレグレシティスは、

「半分正解だ」

「半分？」

押し戻された顔を再び近づけ、瞼に口づけた。

「マーキーとエデュケルセの二人だ」

名前を聞いた佐保は一瞬にして「ああ……」と納得した。騎士団副団長マクスウェルと外政官長エデュケルセ、この二人は皇国でも華やかな噂の多い色事師として有名なのだ。そういうことに疎いレグレシティスに何かを吹き込むのは大抵幼馴染のマクスウェルだが、本宮でレグレシティスと酒を嗜む機会もそこそこ多い外政官長なので、彼らが揃った時に俗世間のことが話題になったとしてもおかしくはない。

むしろ彼ら以外に誰が吹き込むのだという話である。

「……あんまりお二人の話を真に受けない方がいいですよ。いつも副団長様に揶揄われている僕が言うのもなんですけど」

彼らは彼らなりにレグレシティスを思い遣っての言動なのだろうが、どちらかというと揶揄いに比重が傾いている分、大きなお世話だとも言える。

「レグレシティス様は甲斐性がないなんてことはなくて、いつも僕を大事にしてくれるとても素敵な人です。僕を学校にも行かせてくれるくらい心が広い人が甲斐性がないなんてことは絶対にないです」

今度は佐保からレグレシティスに口づけた。体勢が体勢なので顎にちょんと唇の先が当たっただけだったが、レグレシティスは満足してくれたらしい。

そのまま佐保を抱きかかえると寝室へと向かった。夕方からつけられていた暖炉の火のおかげで扉を隔てた寝室も仄かに暖かく、明け方まで十分持つだけの薪がくべられた暖炉は朝まで火を落とすことはないだろう。

掛け布団を捲った寝台の上にゆっくりと降ろされた佐保は、見下ろすレグレシティスを瞬きしながら見上げた。レグレシティスの灰色の瞳が何を求めているのか、わからない佐保ではない。

「――明日も学校あるけど」

少しならいいですよ――小さい声で言えば、レグレシティスが笑いながら覆い被さって来た。

「少しだけな」

「うん、少しだけ」

鼻の先をこつんとぶつけ合って笑い合う。

レグレシティスの首の後ろに腕を回して引き寄せた佐保は願い事をした。

「少しだけレグレシティス様をください」

答える声は首の上。

少しだけで済むかどうかは、これからの時間次第。

四章

「――うわあ、広い……！」

眼下に広がる森と草原に佐保は感嘆の声を上げた。被った帽子が風で落ちないようにしっかりと片手で押さえながら、視線は眼前に広がる光景に釘付けだ。

佐保だけでなく、丘の上に到達した他の生徒たちも同じような反応を見せている。

王都から西の方向に広がる丘陵（きゅうりょう）地帯は秋の初めのうちに収穫を済ませているため、今は焦げ茶色をした土色の大地が広がるだけだが、もう少し早い時期であれば黄金色の穂を揺らす小麦畑を一面に眺めることが出来ただろう。

薄曇りの空とあわせると寒々しい景色ではあるが、冬に片足を突っ込んでいるサークィン皇国の北部地方ではよくある光景だ。少し離れた場所には大きな森があり、こちらは大多数が針葉樹のせいか濃い緑に覆われていて、灰青の空と乾いた土色の畑との対比によって余計に際立って見えた。少し離れたところには北の山脈から東へと続く大河の支流があり、秋の長雨の後の水を湛（たた）えた水面が光を反射してキラキラと光って見えていた。

一年生全員と引率の教師に護衛と併せて約百名の大所帯は丘の上で一旦足を止めた後、ゆっくりと森と畑の境の方へ向かって歩き出す。

その中の中盤を歩く佐保の前にはアンゼリカとクリステンの双子の姉弟が並び、隣にはアルフリートがゆったりと歩いている。制服だったり私服だったりと生徒たちの服装は様々だが、全員が学院から配布された布鞄を肩から提げたり背負ったりしていた。本当は全員制服で行動した方が生徒たちを把握しやすいのだろうが、元から通学時の服装が自由なだけあって今回も各自に任されていた。流石に部外者と判別がつくように出立時に配布された学術院印のスカーフのような布を体の一部に巻き付けているが、その着用の仕方一つをとっても個性が出ていて面白いと思うに十分だった。

佐保は長い髪が邪魔にならないようスカーフを捩じって細くして髪を後ろで一つに纏めている。スカーフの色が目立つ黄色のひよこ色なので紅茶色の髪につけると実によく映えた。

アルフリートは他の多くの学生と同じように軽く捻って胸元で結んでいるだけだが、アンゼリカは捩じったスカーフを首に巻き付けて蝶結び、クリステンは所謂海賊巻きのように頭全体を覆って後ろで結んでいた。

佐保が見た女性の中で最も髪が短いアンゼリカのすらっとした首に結ばれたスカーフは、活動的なズボン姿で細身の彼女の上品で愛らしいアクセントになっていた。赤味の強い金髪なので佐保の髪と同じく色白の肌色と併せて目立っている。

弟クリステンの方は逆にアンゼリカよりも色が強い赤毛を隠すのが目的なのが一目瞭然だが、優しげで整っている顔立ちに似合うとは言えず、同級生たちの微妙な表情もそれを物語っていたが誰も指摘はしなかった。文官志望なのに皇国軍将軍サナルディアと同じ赤毛を所持した近しい親戚という事実だけで軍人を勧められているクリステンなりの自己主張だとわかっているからだ。

「よかったですね、参加出来て」

小声のアルフリートに佐保は笑顔で頷き、同じくアルフリートも笑顔になった。

佐保が皇妃だと知る少年は、校外学習の話が出た時に真っ先に参加の可否を心配してくれていたので、実際に当日になって参加出来て喜んでもらえたことが佐保は嬉しかった。

「反対をされるとはあんまり考えてはいなかったんだけど、思っていた以上にすんなり許可して貰えて」

今朝になってやっぱり許可できないと言われる可能性も立場上あっただけに、佐保は心底ほっとしていた。

二日前のことだ。

「そういえばクサカ、もう直前になってるけど校外学習は行けるの？」

雨が降っているので食堂の片隅を借りて持ち寄った弁当を食べていた佐保は、双子姉アンゼリカの台詞に口の中に入っていたエビのフリッターを咀嚼しながら頷いた。

本宮の料理人たちは今日も美味しい料理を弁当箱に詰めてくれて幸せな気分になる。定期的に届けられる港湾都市イオニアからの海鮮類は味もよく、檸檬と塩を振りかけただけのフリッターや、ほどよく甘味のある肉厚野菜と茸のソテーに餡を絡めた白魚肉は、そのまま食べても持参した丸いパンに切り込みを入れて挟んで食べてもよい優れもの。

佐保と友人たちがおかずの交換を知っている本宮の料理人たちは、気を利かせて佐保が食べるより多い分量を入れてくれるのだが、毎回のようにきれいに全員の胃袋に収まっていた。

寮暮らしの双子が出される食事の量が少ないせいで飢えている……というわけではなく、彼らは食堂で大盛の皿を頼んで完食した上で、佐保の弁当にも手を伸ばすのだから十代前半の育ちざかり恐るべし！　である。

佐保はフリッターを飲み込んで、アルフリートがテーブルの上をそっと滑らすように置いてくれたコップの水を礼を言って飲み干して、

「参加してもいいって許可、貰えました」

校外学習が具体的に発表されてから今まで懸念材料だったことが解決したことを友人たちへ報告した。ほっと安心したように笑ったのはアルフリートで、クリステンは「よかったね」と喜び、アンゼリカはにっこりと笑顔になった。双子の親戚である宰相と皇国軍将軍の姉弟は二人共が表情豊かだと

は言い難いため、似たような色合いの容姿を受け継いでいても性質は血筋に依らないのだと感じさせる。

(そう言えば、ミオさんが将軍様のお父さんは明るくてとっても元気な人だって言ってた気がする)

それを考えるなら、宰相と将軍の方がテスタス家では珍しい方なのかもしれない。

校外学習が実施されることは佐保にも事前に教えられていた。一年生の必修科目ではあるが、諸事情で参加出来ない生徒にも補講や課外授業で対応する救済措置も対策として取られているため、佐保の参加は期日が近くなるまで決めかねていたのだ。

佐保が他国出身で特別聴講生であることと、他の生徒とは異なる受講形態を取っているのは同級生には周知のことなので、参加を保留していたことも都合があるのだという認識で受け取られていた。所謂「お家の事情」というものを、身分や地位、立場を問わず同級生たちが自身の経験として知っているのも大きいだろう。

佐保としては、参加するなら早めに表明していた方が学校側の警備の都合上手配しやすいのではと考えたのだが、逆に早くから予定が決まっていると余計な介入が入る可能性も無視できないため、支障がない程度に決定は遅らせるのだと騎士団長から聞き、なるほどと納得した。

佐保が皇妃だと学生たちの前で公言はしていないし、そういう意味で近づく生徒や教師は今のところ見当たらないが、アルフリートのように佐保の本当の身分を知りつつも良識を持って口を噤んでいる者も皆無ではないかもしれず、どこからか皇妃が護衛をつけずに王都から出るという話を聞きつけて悪意を持った企てが発生する可能性も否定できないからだ。

直前でどうにか対策が取れるものなのかを尋ねた佐保へリー・ロンは、

「臨機応変という言葉がありますので」

そう言いながらにっこりと笑みを浮かべた。危急の事態に個別対応出来るだけの能力を兵士や騎士たちが身に着けているのを前提として、常に余力を十分に残した人員配置は上に立つ者として基本中の基本だと言っていたが、

「余裕……？　常に用を言いつけられている俺の立場は……？」

などとマクスウェルが眉を寄せてしきりに首を捻っていたのは印象的だった。一応、団長本人がいつ休んでいるのかわからないほど率先して働いている人なので、不満としてぶつけるほどの憤りは持っていないらしく安心した。

佐保自身としては、せっかくの友人たちとの校外学習なので参加出来れば嬉しいが、護衛の手配を外にまで拡大する手間に加えて、レグレシティスに心配を掛けたくない気持ちもあり、もし参加出来なくても仕方がないと最初から考えていたので、参加の許可が貰えて驚き、遅れて嬉しさがこみ上げてきた時にはレグレシティスの首に腕を回して抱きついていた。

それを教えて貰ったのが昨日の夜のことで、学院長には朝のうちに参加の旨を伝えていたのだが、

その後の授業はいつものごとく板書を見ながら書くのに精いっぱいで、アンゼリカに問われるまで友人たちへ報告するのをうっかり失念していたのだ。

喜ぶ友人たちの姿は佐保も嬉しい。一緒に過ごした時間はまだ短いが、クサカという存在を早くに受け入れ親身になってくれていることには感謝の気持ちしかない。

必修授業なので雨天の場合は中止ではなく延期だ。だが、延期になった場合に佐保が参加出来る保証がないと考えたのか、三人だけでなく他の生徒たちも一緒になって二日後の晴天を熱心に祈ってくれたことがとても嬉しかった。


そうして始まった校外学習は、学院から大型の馬車を数台連ねて王都の外まで移動し、小麦畑が見える丘の手前で徒歩での移動に切り替え、畑に到着後に班ごとに分かれて測量をしたり、森の浅い部分での植生観察をする予定が立てられていた。

佐保は学級に割り当てられた畑で、双子とアルフリートに同級生の男女六人を合わせた十名で測量を行っていた。と言っても縮尺図を作成するための本格的なものではなく、基礎技術の実地訓練が主体になるため、班ごとに割り当てられた区画の白地図を元に実測値を計測して書き込んでいくという内容的には簡単なものだ。

佐保は基準点に棒を持って立てて回る役目をクリステン他四名と共に担っていた。一区画が大体五十×八十レグ、佐保に馴染みの単位換算では約七十×百二十メートルで結構広い畑を三つ分なので、移動距離もそこそこ長い。棒を抱えて動き回らなければならないため、小柄で見るからに体力がなさそうな佐保を考慮してくれたのか、最初の測量地点で棒を一本渡された後は起点から伸ばした紐担当者のアルフリートがやって来て長さを確認するのを待ち、それからまた棒を抱えて他の測量点に移動するのを繰り返す流れだ。

複数を抱えて移動するのは大変だが、一本だけならそこまで重いものではない。佐保の身長より少し長めの木の棒を一本持って歩くくらいは余裕だ。

途中で計測待ちの級友に声を掛け、端の方に立った佐保は遠くに別の班の学生たちが動き回る広大な畑を見回した。

「小麦が穂をつけている時だったら見応えあるんだろうなあ」

今は土しかないが、黄金色の穂が風に揺れる様はきっと素晴らしいに違いない。緑一面の田んぼは佐保が日本の実家に住んでいた時には見慣れたものだったが、この世界では耕作地の規模が違う。実際に見たことはないものの、北海道の広大な畑はこんな感じなのだろうかと思う。

エッシャール州から初めて王都に向かった時や視察に行く途中で何度か郊外に広がる畑を眺めたこ

とはあるのだが、王都からすぐの場所は意外と盲点で、これまで意識して見たことはなかったのだ。これまで佐保が通ったことのある王都周辺の道と言えば、東西や南北を結ぶ大陸公路くらいで、現在いる場所はそのどちらからも離れたところに位置するからというのはあるのだが、

（こんなに近くにあるならもっと早くに見学に来てもよかったかも）

そう思わないでもない。レグレシティスは農場の視察などで日帰りで王都から出ることもあるので、もし皇妃が一緒で支障がないのであれば同行させて貰えるよう頼んでみるのもいいかもしれない。

そういう意味でも今回の校外学習は皇国の産業の一部に触れるという点で、佐保にとっては有意義なものだと言えた。

少しずつ佐保の行動範囲は広がっていく。ナバル村から始まった佐保の世界は王都から城の中の生活を経て、レグレシティスと共に歩むと決めてからそれ以外にも広がった。エッシャール州にイオニス州、ミネルヴァルナ州。レグレシティスと一緒に見る世界が広がった。

現在と過去の生活圏として馴染みがあるのは王都とエッシャール州ナバル村だが、イオニス・ミネルヴァルナ両州の州都や近隣の町での視察も思い出深い。どちらの場合も何事もなく平穏だったとは言い難いのだが、直接国民の暮らしに触れる機会を持つことが出来たという点では大きな収穫だった。

「お疲れではないですか、殿下」

無事に三区画分の測量が終わり、目盛りのついた紐の束を巻いて腕に掛けたアルフリートの気遣う

声に隣を歩く佐保は、

「大丈夫。元気だよ」

力こぶを作るように腕を曲げて笑った。

「僕そんなに柔でもないんですよ。重い物を持ち上げたりは出来ないけど、普通にしている分には全然問題ないし。こっち……この国の人たちの体格には負けるけどね」

「そうですか？　棒、重くありませんか？」

「軽いくらいだよ？」

笑いながら佐保は周囲に人がいないのを確認して剣道の素振りのように軽く上下に数回棒を振り下ろした。それから、腰を少し低くして、

「えいっ」

という掛け声で前に遠く突き出す。

「これくらいのことは僕にも、ね」

ナバル村でも男たちが受け持つ力仕事はさせて貰えなかった佐保だが、乗り物に乗らずに動き回ることが多かった分、それなりに足腰や持久力は鍛えられていると思っている。何より、回数が多くはないとは言うものの閨でレグレシティスと睦み合うことで、自然に体力や持久力、筋力も鍛えられているはずなのだ。

（全身運動だからね、あれって……）

レグレシティス以外の比較対象は知らないが、二人の行為は極々ありきたりで一般的な夫婦の作法だと思う。体格差のある二人なのでどうしても受ける佐保の側の負担が大きくなるのは仕方がない。そうやって鍛えられているはず！　と佐保自身は固く信じて止まないし、実際に鍛えられてはいるのだろうが如何せん見た目が幼い。これで実年齢は来年には二十歳になるというのに、高等学術院一年生の中で最も幼く見えるのが佐保なのだ。髪型をいくら変えても元々の顔の造作と骨格の小ささは、庇護すべき人として映ってしまうのは仕方がない。

だから佐保も周囲が過保護になるのも仕方がないと割り切ってはいるのだが、流石に軽い棒一本程度でどうこうなるほど柔な腕はしていない。アルフリートの場合は、佐保が皇妃だとわかっているからこその心配も加わる分、過保護に拍車が掛かっているような気はする。だからと言って、佐保の手からすべての荷物を取り上げようとはしないのは、学院に身分を隠して通う佐保の事情を少年なりに考えての行動なのだろう。

（いい子だもんね、アルフリート君）

華やかな女性遍歴において副団長と二大双璧と呼ばれる外政官長の甥とは思えないほど実直で思慮深い。今も佐保が一人にならないように一緒にいてくれているのだろうが、無意識にそんな行動をとってしまっている確率は高いと思われる。

「何か手伝えることがあったらいつでも何でも言ってください」

「ありがとう。でも仲良くしてくれるだけで助かってるから、それで十分なんですよ。アンゼリカやクリステンと一緒にわからないことを教えてくれるでしょう？　僕が一番困るだろうなって思っていた学院生活のほとんどの問題がそれだけで片付いちゃうくらいだから、すごくありがたいんです」

「それならいいんですけど……でもっ、本当に困ったことがあったら絶対絶対私に言ってくださいね」

「もしかして、外政官長様に何か言われてる？」

「……皇妃殿下に迷惑掛けるなよ、とは言われました。あと、殿下をよろしくと」

「笑いながらじゃない？」

「……はい。……殿下に失礼なのと、ちょっと私にも失礼だと思いました」

少年らしい本音が漏れて、佐保はぷっと吹き出しそうになるのを手の甲で口を押さえることで耐えた。

「それはたぶん、僕のことを気にしないで普通に学院生活を送りなさいっていう励ましじゃないかな」

「ええっ？　どこをどう聞いても励ましには聞こえません」

「励ましでしょう？　僕という皇妃がいても慌てることなく落ち着いて普通の学院生活を送りなさい、隠れて皇妃が通うから目立たない程度にちょっと手助けしてくれたらいいよ、って。外政官長様のことだから、こんな感じじゃないかと」

宰相を除く官長たちの中では最も頻繁に本宮を訪れる外政官長なので、佐保も直接言葉を交わす機会をこれまでに幾度か持っている。公務が終わってからの所謂無礼講状態なのでそれなりに砕けた口調で話す彼は、他国との交渉の窓口になる役割もあるせいか、軽やかな口ぶりで話術も巧みだ。佐保も知らない国の話を聞くのが楽しく、佐保が同席している時には必ずどこかの国の面白可笑しい話を語ってくれる人でもある。

そんな外政官長からの甥への助言なので、深読みせずに言葉通りに受け取るのが適切ではないかと思うのだ。

そう告げるとアルフリートは珍しく眉間に皺を寄せ、

「どうせならもっとわかりやすく伝えて欲しかったです」

と愚痴を漏らした。

それを身内の気軽さ故だろうからと慰めながら集合場所に到着すると、ちょうど集合合図の笛が鳴らされたところで、既に多くの班が自分たちの割り当てを終わらせて集まっていた。佐保とアルフリートが持っていた道具を紐で束ねて袋に仕舞い、三人の生徒で抱えて教師に返却をしに行く。そこで午後からの課題を与えられ、昼食を挟んで次の実習になる。佐保たちの場合、最初が測量だったので午後からは森の中に入って、指示された植物を採取するのが目標となる。先に森に入った班は午後を測量というように、入れ替え制なのだ。

代表で人数分を受け取ったクリステンから班員に課題が渡される。木の板に班で共通の課題が書かれた紙が挟まれていて、行動の邪魔にならないよう首から下げられるようになっていた。

(小さい画板だね)

手のひらよりも少し大きいくらいだからそれほど重くなく、確かに邪魔にならずに済む。紙には十種類の植物の名前が書かれていて、七種類以上の植物の絵を描き、五種類以上を集めて提出すれば合格となる。これは個人ではなく班での合否判定なので、全員でまとまって行動するか、個別に担当を決めて散らばって探索するかなど、方法は生徒たちに任されている。

「ねえクリス、これって他の班も同じなの？　この内容」

弟を愛称で呼んだアンゼリカは鼻の頭に小皺を寄せていた。

「もしそうなら他の班の絵を見たり、採ったのを借りたりするんじゃない？」

「鋭いな、アンジー」

こちらも愛称で答えたクリステンは、班員の顔をぐるりと見回して紙を指先でトントンと叩いた。

「全部の班が全部違うわけじゃないけど、課題は何種類かあって、出来るだけ重ならないようにはしているると先生が教えてくれたよ。一応、先生たちも森の中の見回りをしているのと、こっそり試験監督が隠れている場合もあるから不正はまず出来ないと考えていいと思う。そもそも最初から不正をする気はないいんだけどね」

苦笑するクリステンと一緒に全員が似たような表情で苦笑した。どの班がどんな課題を与えられたのかわからない以上、内容が被っている班を探す方が手間だし面倒だと皆わかっているのだ。不正防止の観点から、午前の採集班の者がどこに何が生えていたのかを午後の班に伝えることは禁止事項だと開始前に念を押されていたから、わざわざ破って自分たちが不利になるような真似をする意味もない。

「名前だけではわからないものもあるだろうし、調べることも学習だと言われたから、班に一冊ずつ貸し出していた図鑑を借りて来た」

どれどれと、全員が頭をくっつけるようにして開いた図鑑を覗き込む。

「意外と細かいところまで描かれているんだね」

「暗いところを好むとか、探す目安になりそうな記述もあるよ」

「ええと、私たちが探さなきゃいけないのは……」

紙に書かれた名前と図鑑を突き合わせて頭に入れていく。全部の種類を見つける必要はないので三種類目から採集して袋に入れていくことで意見は一致した。七種類を見つけてから帰り道で採集するという案も出されたが、迂回(うかい)したりして遠回りになることもあるかもしれないということで、往路から積極的に取っていくことにしたのだ。

図鑑が一冊しかないことと不案内な森の中なので、分散せずに十人全員で行動することも決めた。

庶民育ちで綿花産地出身で現皇妃の佐保含め、名家の子息子女や商家の息子、富農の息子など全員が課題の植物を一つとして知らなかったことも集団行動の理由の一つにはなっていた。

午後の方針も決めてしまったので、後は森歩きに備えて腹ごしらえの時間だ。佐保や他数名は弁当を持参していたが、寮生は人数分を纏めて寮で作って貰ったものを受け取っていた。

「こうして見たら寮に住んでる人って結構いるんだね」

屋外で食べやすいように、今日の佐保の弁当は野菜と肉に味付けをしたものを挟んだパンを二つと檸檬のような酸味のある果物で味付けされた鶏肉の紫蘇(しそ)巻きだけという簡単なものだ。折り畳める弁当箱を厨房が用意してくれたので、帰りは嵩張(かさば)らなくていい。ちなみに佐保は「紫蘇」と言っているが似たような味や色をしているだけで、こちらの世界での正式名称はルコランという。葉の奥に隠れているルコランの芽は揚げ物にすると少し苦味はあるものの、こってりしたチーズ入りのフライドポテトのような味がして酒の肴(さかな)に人気らしい。佐保の口には大人の味すぎて合わなかったとだけ述べておく。

寮生たちの食事は全員同じで、厚切りチーズとタレ付ステーキをバゲットのような外側がパリッとした硬めの黒パンに挟んだもので、なかなかのボリュームがあった。お上品な育ちをしているはずの級友たちが大きな口を開けてかぶりつくのを、佐保はポカンと眺めるしかなかった。

(え、それそのまま一気に噛(か)んじゃうの？　お肉、すごく分厚く見えるんだけど……。え、嘘!?　そ

んなに口って開くんだ!?　あ、汁が垂れて……ナプキンはちゃんと用意してるんだ、よかった）

　普段は座学が多いので運動して腹が減ったのか、彼らの食欲は佐保の度肝を抜くのに十分だった。いつも一緒に昼食を食べているから双子が見た目に反してよく食べることは知っていたが、佐保なら一個も食べきれないステーキパンを二個あっという間に腹に入れ、その後佐保の握り拳くらいの大きさの果物まで完食したのには驚かされた。その間、佐保はようやく一つ目のパンを食べ終わり、二つ目を手にしたところだったから、彼らの飢えっぷりもわかって貰えることだろう。

　佐保はおずおずと弁当箱を班員の前に差し出した。

「あの、これ、もしよければどうぞ」

　自分の分を一つだけ確保して勧めた紫蘇巻きはあっという間に全員の腹の中に消えた。数が足りなかったので、半分に切って数を確保した後で配布して、残りの端数は佐保が食べることになった。端数を前に物欲しそうにはしていたが、全員がそんな有様だったので喧嘩勃発を避けるためには仕方のないことだった。

「大丈夫？　クサカ、おなか苦しい？」

「だいじょうぶ……ちょっと食べすぎて胃がもたれているだけだから、少し休めば動けるようになると思う」

「横になった方が楽かな？　膝枕でもしようか？」

「ぶっ……ぐ、ぐふっ……ごほっごほっほっ」

佐保を横に寝かせながら膝枕を提案したのはクリステンで、奇妙な声を発したのはアルフリートである。佐保が横目で見た時には水筒から水を飲んでいたから、それが気管に入ったかどうかしたのだろう。

「うわっ、アルフリート、お前汚っ……！」

「大丈夫？　アルフリート君」

飛び散った水が掛かった少年が飛び上がって文句を言い、謝ろうとするも未だにまともに声を出せないアルフリートの背を別の級友が摩ってやるという光景に、

（膝枕のせいだろうね、やっぱり……）

佐保は横になったおかげで締め付けが緩くなった胃の辺りを撫でながら苦笑を浮かべた。膝枕は遠慮して、丸めた鞄を枕代わりにさせて貰った。佐保の体格で立派な筋肉のついた膝の上に頭を乗せた場合、首がちょっと辛くなるのは経験として知っているのだ。

（それに膝枕して貰うならレグレシティス様以外は遠慮したいし。アルフリート君はちょっと気にしすぎ。心配してくれてるのも慌てる気持ちもわかるんだけどね）

教室で最初に顔を合わせた時から面白い反応を見せてくれた年下の友人を佐保は結構好きだった。体は大きいのに、なんだか小動物があたふたしているような錯覚を覚えてしまう。アルフリートから

すれば、小柄な佐保に小動物扱いされたくはないだろうけれども。

佐保が横になり寛いでいる間に、アルフリートの咳も止まり、それ以外の生徒たちで荷物を纏めて森の中へ入る準備を進める。図鑑は借りて来た責任ということでクリステンが所持することで決まった。

「みんなありがとう。もう起きて平気になったよ」

佐保もゆっくりと体を起こした。完全に胃のもたれが解消されたとは言い難いが、動いているうちに消化されて平気になることを期待しつつ、枕にするために出された弁当箱や筆記具水筒などをもう一度鞄の中に詰め込んだ。

周囲を見ると休憩時間の終わりが近くなっているのがわかっているのか、測量班も採集班もどちらもが立ち上がって休憩場所の片付けに入っている。

道具を運んで来た荷馬車の前に立っていた教師の一人が大きく片手を上げて笛を吹き、自分に注目させる。佐保がしているものと若干形状は違うが、構造も形も現代日本で使っていたものと大差ない。人が使うに適した形状というのはどこでも似たようなものになるのだろう。

「これから午後の実習に入る。午前も言ったが、森の中では予期しないことが起こる可能性がないとは言えない。十分に注意するように。深くはない森だが、半分以上先には進めないよう黄色の紐で印をつけている。すぐ先に目的の植物があったとしても決して進まないようにするんだぞ」

佐保たちは神妙に頷いた。畑側から見れば濃い緑が鬱蒼と茂っている大きな森に見えるが、奥の広さはそれほどないのだろう。それでも見える範囲だけでも十分広く見える森の中で余計なことをして怪我などしたくないのは誰もが同じだ。

（絶対に気を付ける。迷子にならないようにみんなの側で歩くように頑張ろう）

心配しなくてもアルフリートが側にいてくれるだろうが、他人任せにせず自身が気を付けることが大切だ。佐保自身は知らない場所で知らない道を選んだり、洞窟を覗いたりなど冒険を率先してしたい性格ではないので、いつも過ごしているように大人しくすることを改めて誓う。

森の中にいる場合、太陽の位置での時間確認が難しくなるため、午前の時と同じように教師が笛を吹いた。今度の音はピピピーッと高い音の連なりで、こちらの笛は音の伝達力に優れた魔道具らしい。遮断するものがない開けた場所では連絡用としてよく使われるものだと馬の産地であるテスタス領出身のクリステンが教えてくれた。

「じゃあ行こうか」

「はい！」

「了解」

元気よくそれぞれが合図してクリステンを中心にして森に向かって歩き出す。お祈りのおかげか昨日から晴れ上がった空が広がり畑の土は乾いているが、森の中はまだ湿ったりぬかるんでいるところがあるかもしれない。

（足元に気を付けよう）

今日の靴はタニヤ特製の野歩き用で、厚みのある底の部分の溝が深く滑り止め対策が取られている。街中での土木工事に駆り出されることが多い皇国軍兵士たちの軍靴と似たような構造で、奥宮の森の中の散策でも使う履き慣れた靴である。

他の生徒たちも流石におしゃれな革靴ではなく実用性に重きを置いたものを履いているようで、佐保と同じように頑丈な作業靴を履いている双子の靴がごつさで少々目立つくらいだ。

（……クリステンの靴は普通っぽいけど、なんていうかアンゼリカさんの靴って……）

森に入り、アンゼリカの斜め後ろを歩く佐保の視線の先には先を歩く生徒たちの足跡がついているのだが、明らかにアンゼリカの靴跡だけ深いのだ。身長はそれなりに高いが凹凸の少ないすらりとした少女の体重がクリステンより重いとは到底思えない。となると考えられるのは一つしかない。

（鉄板か何かを仕込んでいるんだろうな、たぶん）

前に団長やマクスウェルに教えて貰った武人の基本「身に着けているものはすべて武器になる」を思い出す。基本が鉄板など重いものを仕込むことで、細いワイヤー状の鋼線を靴底に隠すのは当たり前、小さな鑢（やすり）も仕込んでおけば役に立つ。殴っても踏んでも蹴（け）っても有効な使用法なのだそうだ。

騎士に憧れて武人を目指しているアンゼリカなら、日頃から鋼鉄の腕輪や足環をして鍛えていると信じられそうなところが怖い。そしてたぶん実践はしているのだろう。校外学習で生徒の帯剣は許可されていないので武器を持ち込めないことに文句を言っていた彼女が、手を抜くとは到底思えなかった。

(誤って蹴られないように気を付けよ……っ)

アンゼリカの足跡ばかり見つめていた佐保は、三歩前がへこんでいたことに気づかずに躓(つまず)いてしまった。咄嗟(とっさ)に横を歩いていたアルフリートと反対側を歩いていた生徒が腕を摑んでくれたので転ぶことはなかったが、気を付けようと決心したそばからこの有様で、佐保は顔を赤らめた。薄暗い森の中で本当によかったと思う。

「気を付けて、こ……クサカ」

「うん、ありがとう。アルフリート、ケント」

「クサカったら危なっかしいんだから。今度転びそうになったら問答無用で手を繋ぐからね」

前を歩いていたアンゼリカが後ろ歩きで佐保に指を突きつけ、佐保は肩を竦めて反省を示した。

これから森の中を歩くのだ。獣の鳴き声はしないが鳥の声は聞こえる。

遠くに聞こえるのは他の班の生徒たちの声だろうか。

時折木々の間を縫って光が差し込む以外薄暗い森の中を佐保たちはゆっくりと注意深く進んで行った。

「これ、ステルテグサかな」

「確認してみる」

しゃがんでシダのように葉を伸ばす青緑の植物を指さす佐保の横でクリステンがパラパラと頁を捲る。図鑑の上部からは細い糸が編まれた状態で数本垂らされていて栞の役目を果たしていた。

昼の休憩が終わる前に課題の植物が書かれた頁に栞を挟もうと思いついたはいいのだが、代わりになるような細い紐やリボン、紙類などを複数持っている者は誰もいなかった。そこらの草を千切って挟むのは借りものという前提があるため遠慮したく、図鑑を汚さず且つ邪魔にならないものはないかと考えている中で佐保が思い出したのが携帯用の裁縫道具だった。

「なんで校外学習にそんなもの持って来てるんだ？」

「外で釦が取れたり、どこか破れたりしたら直そうかと思って。ほら、備えあれば憂いなしって言うでしょう？　役に立てればと思っていつも持ってるんです」

不思議そうに尋ねた班の一人にそう答えると、一応納得はしたようだが彼らの頭の中では「よい家の子供」の佐保が使用人が持つような道具を持っていることは不可思議の範疇に入るらしく、首を捻っている。

城で暮らしていると三層辺りのお屋敷街の人々の暮らしぶりをミオから聞くことがあるが、刺繍はしても繕い物などしないのが令夫人や令嬢たちらしい。だからこそネーブル裁縫店のような街の店に繕い物が持ち込まれ、儲けが出るとも言えるのだが。

どちらにしても不要な荷物と思われていた佐保の裁縫道具が役に立ったのは間違いない。

「糸の種類が黒と白と青と緑と赤の五種類あるから区別つけておくね」

途中で落とさないように本の縦よりも長く糸を切って間に挟んでおけば、絡まったとしても頁を開くのに支障はないだろう。終わったら抜き取って行けばよりわかりやすい。ちなみに糸の色の種類が前述の通りなのは、皇帝陛下の青、侍従の緑、騎士団の黒、皇国軍の赤というように自分の身の回りの人々が持つ色に合わせているからだ。

裁縫道具は確かに日常の携帯品としての優先順位は低いかもしれないが、佐保とレグレシティスたちを結びつけたのは置き忘れられた上衣のかぎざきを直したのが切っ掛けだったのだから、侮れない。

佐保が見つけた植物は課題のものだったので、周辺を探していた他の生徒たちを呼び寄せて全員で描写をした後、代表でアンゼリカが小型の刃物で根本近くから切り取って保存袋に収めた。

「あと一つで絵は終わりだね」

「採集分も入れて三種類を見つければいいだけか」

半分以上が終わっていることになるので気も楽になる。絵を描く時間を気にしないでよくなれば、これまでに掛かった時間の半分程度で終わりそうだ。

教師がつけた黄色い紐の印は奥に目を凝らしても木々の間からは見えないので、結構浅い場所で揃えられたことに安堵した。班によっては先に奥まで到達して、畑側に向かって歩きながら探す方法を取ったところもあるとは思うが、まだ奥から戻って来た人たちとはすれ違っていない。教師たちの言う「深くない森」は、危惧していた通り佐保たちにとって「深い森」になっていたようだ。

　それでも地道に、あれでもないこれでもないと目を凝らしながら探すこと半刻ほどしてようやくすべての植物を集めることが出来た時には、全員が体全体でほうっと息を吐き出した。結局佐保たちは目標の七種よりも多い九種を見つけなければならなかった。何しろ、二種類の植物は細く高い木の上の方に張り付いていたため、採集を断念せざるを得なかったのである。木登りをするには心許ない折れそうな木だったので、誰も登って取ろうとは思わなかったのだ。

「ムジ草、ホノアカリ、ステルテグサ、マイナイナ、星灯花、石狩草、デイルデイル、音無草、鵜ノ子の実。絵は九種、採集したものは七種。うん、間違いない。正しく選べている」

　アルフリートとアンゼリカが袋の中身を確認して貰っている間に佐保たちの方も、木の板を纏めて別の教師に見せて確認して貰っていた。絵の上手下手ではなく、特徴を短時間で掴むのが目的なのでさほど技巧を要求されないことに胸を撫で下ろした級友が数名。佐保たちの班は全員が無事に校外学習での課題を完遂させることが出来た。

　真面目な生徒が多いので、よほど酷い出来でない限り不可にならないとは聞いているが、仮に時間内に課題が終わらなければ測量班は数学、採集班は研究室での資料纏めの手伝いを補講に充てるらしい。

　それはそれで面白そうだとは佐保は思ったが、あまり賛同を得られそうになかったので思うだけに留めている。

「まだ全員揃ってないから休んでようか」

「そうしようか。帰りも馬車まで歩かなきゃいけないし、体力温存だね」

　佐保たちは十人纏まって荷馬車に近い場所に敷物を広げ、思い思い寛いだ体勢で座り込み足を投げ出した。

「歩いている時はそうでもないけど、一度座っちゃうと駄目だね」

　行儀悪いかと思いながら日本人の習性で靴を脱いだ佐保が伸ばした足先をゆらゆらと左右に振りながら笑うと、うんうんと頷きが返って来る。近くでしたドサッという重い音は、佐保に倣ってアンゼリカが靴を脱いで転がした音のようで、本人とクリステン以外の全員がギョッと肩を震わせながら大きく目を見開いて、靴を凝視した。

「……なに？」

　せいせいすると言って足首をぐねぐね回すアンゼリカが視線に気づき不審げに眉を顰めた。

「なに……というか、なあアンゼリカ、その靴、ちょっと持ってみてもいいか？」

　好奇心が抑えられなかったのか、勇気ある級友ジンズが靴先を指さすと赤毛の少女は不審な表情のまま頷いた。

「変なことしないならいいけど」

「そんなことするか！」

変なこととは靴の中に虫を入れたり、靴紐を片結びして解けなくする悪戯などのことだろうかと別のことを考えていた佐保は、

「重いッ。これ何なんだよ、むちゃくちゃ重いぞ。俺が店で背負わされる行商箱と同じかそれより重いんじゃないか？」

ジンズの実家は王都の老舗食器屋で、兄弟全員が自分専用の行李を持ち、小さな頃から親の行商について回っていたらしい。その時に背負っているのがジンズのいう行商箱で、要は背負子と行李が一体型になったものである。大きな店を持ち馬車を利用してはいても、最初はこの行商箱から始めるのが先祖代々からのしきたりだとか。

その重さに慣れた少年が重いと断言するのだから、全員の視線がアンゼリカの靴の方へと動いていく。

アンゼリカは「ふぅ」と溜め息を零した。

「少しは重いかもしれないけど、ジンズが言うのは大袈裟。いくらなんでも商人が背負っている行李より重いはずないでしょ。あの箱の中は得体が知れないと言われるくらいいろいろな商品が詰まって

いるんだから。それに比べたら軽いものよ？　持ってみる？」

　ジンズと同じように好奇心に抗えなかったアルフリートと並んで大柄なポーリンが、人差し指と親指で摘んで持ち上げるも、途中でドサッと重い音を立てて地面に転がるアンゼリカ十四歳の長靴に三度視線が集まり、アルフリートがぼそりと言った。

「結論。アンゼリカの靴は軽くないってことで」

　うんうんと大きく頷く友人たちの中、アンゼリカだけが何か言いたそうに眉を寄せていたものの、他の生徒の靴に比べて重量があるのは事実なので、重いという事実のみを受け入れることにしたようだ。

　そんな彼女の側に佐保は膝立ちで近づき尋ねた。

「何を入れているの？　鉄板や重石？」

「鉄じゃなくて鉛の板ね。爪先だけは鉄を使って型を作って貰っているの」

「やっぱり鍛えるために重い靴を履いているの？」

「脚力は大事だもの。それに体格差と目方の軽さを補う意味もあるのよ。普通の靴で踏み付けるより、この靴を履いて踏み付けた方が効果あるのはクサカもわかるでしょう？」

　わかる。体重の軽さは俊敏さにも繋がるから一概にどちらがいいとは言えないが、拳で叩くよりも金槌で叩く方が与える力が大きいのと同じで、佐保が踏み付けるよりも小さな子供がこの靴を履いた方が威力が出るのは間違いない。

「一番大きい理由は実用性があるからよ」

「実用性？」

蹴ったり踏んだり戦ったりする以外の実用性があるのだろうかと首を傾げていると、佐保の前に座ったクリステンが爽やかに笑った。

「僕たちが生まれ育った土地は馬を追って牧草地を駆け回ったり、野生馬を捕まえるために森や草原の中を歩き回るのは普通なんだ。そうした時に気を付けなければいけないのが毒虫や蛇なんかの人に害を与える生き物だね」

「細かな鎖を編み込んで分厚い革で作られた頑丈な靴なら、獣の牙も致命傷にはならないし、小さな蛇なんて無害にさせてしまうわ」

毒を持つ虫や蠍のような小さな生き物は踏み付けてしまえば問題ない。自分や馬の安全が何より最優先なのだと双子は言う。

名馬の産地と言えば聞こえはよいが、裏側にあるのは生産者たちのたゆまぬ努力と自然相手に戦う気概が根底にあってのことなのだ。

それまで靴を持ち上げたりしてはしゃいでいた班員たちも、靴の重さの理由が軽んじられてよいものではないと気づき、神妙な顔で靴をきれいに置き直していた。

　クリステンがそんな彼らの様子に、笑いながら胸の前で手を振りながら言う。

「――とまあいろいろ理由はあるけど、アンジーの場合は自分の体を鍛えるのが趣味なところがあるから、実益と趣味が一緒になっているって思うくらいでいいよ。学院の中では普通の靴しか履けないから物足りないと嘆いていたしね。今日の校外学習を楽しみにしていたんだよ」

「ちょっとクリステン、人をおかしな性癖の持ち主みたいに言わないでくれる？　普通に生活する時に履くようなものじゃないのは私だってわかってるんだから」

「体術の授業の時に着用許可貰えなくて文句言ってたのに？」

　アンゼリカは押し黙った。

　聞いていた一同は思った。

（そこまでして履きたかったのか……）

　クリステンもアンゼリカも育ちの良さを感じさせる品のある子供だ。十四歳にして大人びてはいるが、大人の世界に入っても十分通用する教養もある。授業を楽しみに学院に通い、寮での生活にも順応し、十分に王都の暮らしを満喫していると思っていたが小さな不満はあったらしい。

「上級生になって騎士科に入れば、いやでも校外学習や実技が多くなるんだからそれまで我慢すればいいのにね」

「あと三年は待たなきゃいけないじゃない」

そこまで鍛えたいものなのか？　という疑問は多々あるが、彼女にとっては読書断ちや甘い物断ちをさせられるのと同じ感覚なのだろう。抑圧されたせいで夜中に重い足音を立てながら学院内を歩き回るなどという奇行に走ることがないよう願うばかりだ。

「騎士科と言えば」

思い出したようにアンゼリカが呟いた。

「私たちが出発するよりも早くに馬に乗って校外に出掛けてたわね。騎士団の校外演習に実習として参加だって」

「私も見たわ。騎馬の集団が整列しているところはかっこよかったね」

「俺も見た。なんていうか迫力だったたな」

「憧れるって騒いでいた子も何人も見たわ」

「あんなにたくさんの馬が学院の中にいたのを今朝まで知らなかったよ」

騎士科の生徒だけでも三十名以上いるのに加え、引率の騎士も数名同行していたため、早朝とはいえ目立つ集団だったようだ。佐保が学院に着いた時にいつもより騒がしい気配がすると感じていたが、初の校外学習に浮かれる一年生のせいばかりではなかったようだ。

（僕も見たかったたな。昨日の夜のうちに教えて貰っていたら早くお城を出たのに）

そうは思うが、今朝会った団長も副団長もそんな実習が行われることを少しも感じさせなかったところを見ると、通常業務の範囲なのだろう。学院内の実技の授業にも騎士が派遣されているらしいので、佐保が知らないだけでこれまで騎士たちの出入りはそれなりにあったと思われる。

（騎士科といえば）

佐保は先日知り合ったエイクレアを思い浮かべた。演習に参加するために騎乗していたはずで、見目もよく大柄な彼は結構絵になりそうな感じなので、アンゼリカたちが素敵だと騒いでいた中にも含まれているに違いない。

アンゼリカの靴の話から騎士団の話に移り、誰某（だれそれ）が素敵だとか人気があるとか言う少年少女らしい話題になり、知っている人の名前が幾つか聞こえて来た時には、佐保は笑みを浮かべたりの極端な反応をしないよう気を付けねばならなかった。流石というべきか、騎士団長と副団長の名前は生徒たちにも有名で、初日に双子に会った時に、まだ顔の変装をしていなかったマクスウェルの正体に気づかれなかったのは奇跡だったのかもしれない。

美味しい店の話では王都ではすっかり有名になったトーダの店をお勧めしておいた。学生の小遣いでも十分にお菓子を買える良心的価格なので、そこまで負担にはならないはずだ。

「名前は聞いたことがあるけど、食べたことはないなあ」

「俺は貰って食べたことあるよ。美味しかった」

説明だけではわかりにくいと思うので、佐保が弁当のおやつにして差し入れとして見本を持って来ると約束をした。帰りにトーダの店に寄り道するくらいは大丈夫だろう。

基本的に学費や寮費など含め高等学術院に掛かる費用のすべてが無償なので身一つでも入学から卒業まで過ごすことが出来る。仕送りがある生徒なら、よほど浪費をしない限り相当に余裕のある生活を送ることも可能となっている。

同じ年頃と言うには佐保の年齢が上だが、大人になる前の少年少女と触れ合う機会はナバル村以来なので、学院とは違った場所での開放的な会話を佐保も十分楽しんでいた。

測量班は全部課題を終了し、学院に帰るための準備として荷馬車に器材を積み込む作業を始めているが、採集班がまだのようで教師たちの目は森に向いていた。まだ集合合図の笛の音は鳴らないので時間内と言えばそうなのだが、既に笛を手に時間の確認をしている様子も窺えた。

仮に笛が鳴ったことに気づいたとしても、森の最奥にいたのなら畑の集合場所まで戻って来るまで掛かる時間が必要になる。班ごとに微妙に課題の内容が異なるとはいえ、極端な難易度の差はないはずで、そう考えると既にこちらに向かって歩いて来ていることに期待したいところだ。

「遊ぶようなところはなかったよね」

「採集目的でもなければ散歩にも行かないような森なんじゃないかな。僕たちには馴染みがないから深く感じられたし、先生たちも奥まで行かないように印をつけていたはずだから、越えて先まで進んだとも思えない」

「監視の先生も森の中にいるって話だったけど……」

そこからの連絡はないのだろうかと考えた佐保が、黒い瞳を森の奥に凝らした時、ピーッピーッピーッという三回続く高い音が聞こえて来た。

佐保を含め、何人もが集合場所の荷馬車の前に立つ教師を振り返るが、佐保たちが振り返った時にはもう教師たちは慌ただしく動き出していた。

それまで割とのんびりしていた風に見えた護衛たちが武器を手に全速力で森に向かって走り出す。同時に畑の思い思いの場所で休憩中の生徒たちへ大きな声で指示が飛んだ。

「全員集合！　集まった後は全員固まってその場を動くなッ！」

厳しい声に戸惑う生徒たちは他の教師が遠慮なく背中を押し、バラバラだった集団が小走りに目印となる荷馬車の方へと集まって来た。

元から荷馬車から遠くない場所にいた佐保たちも不安を隠さない表情のまま移動していたが、

「——あれ、緊急事態の合図だよ」

クリステンの囁き(ささや)に、佐保はハッと長身の少年の横顔を見上げた。

「サナルディア様から聞いたことがあるんだ。覚えておくといいと言って教えてくれた」

「そう、あれは敵襲を報せる合図で間違いないわ」

反対隣を歩くアンゼリカの声は硬く、見つめる視線は厳しい色を湛(たた)えていた。

（襲撃……）

立ち止まりハッと後ろを振り返った佐保の目にはまだ何も見えない。だが、ざわざわと何かしらの不穏を感じて思わず胸元の神花の種が入った袋を上着の上からぎゅっと握り締めていた。

数名ずつの塊がパラパラと森から駆け出して来るのが見えた時、誰もが安堵の息を零した。だが、すぐに緩く笑みを浮かべた表情も強張（こわば）っていく。

「ちょっと……！　あれ、何!?」

「追い掛けられて……犬……じゃなくてもしかして魔獣……？」

奥宮に配備されている軍用犬より少し大きいくらいだが、知性のある彼らと異なり、凶暴性は遠目にもはっきりと伝わって来る。黒に錆が混じったマダラ模様の毛並みだけなら大型犬に似ているが、犬歯が大きく口の外に突き出し、赤く長い舌が走るたびに揺れる様は犬では決してありえない姿で、たしかに魔獣と言われた方がしっくり来るものだった。

魔獣。

誰かが漏らした声が小波（さざなみ）のように集団に広がっていく。

犬なら怖くない。ただの獣なら対処は出来るだろう。だが魔獣ならどうだろうか。

無害な小型の魔獣がいる一方で、人や家畜に被害を齎す大型の魔獣がいるのはこの世界に生きていれば周知のことだ。幸い、治安維持を徹底し、頻繁に国内を巡回する皇国軍や騎士団がそれらの多くを排除することで国民の生活が守られた結果、一度も魔獣を見たことがない民の方が大多数だが、幻獣の存在を肯定するのと同じように、魔獣の存在も認めている。

だからいつどこで遭遇してもおかしくはない。そういう意識は持っていたはずだった。

しかし、

(これって変だよ。王都のすぐ近くに魔獣が出るなんて、絶対に変。しかも一頭じゃなくて五頭もいるなんて……)

眉を顰めた佐保と同じことを考える者は多かった。

広大な畑が広がっている地域ではあるが、校外学習で日帰りできるほど王都から近い場所でもある。王城が近距離にある場所の治安が悪いはずはない。何より。

(団長様の縄張りに手を出す人や獣なんているはずがないのに……)

大陸最強の武人と名高い騎士団長リー・ロンが詰めている城がすぐ側にあるのに、発覚すれば身の破滅しかないのに人を襲うために姿を見せるだろうかという疑問がある。事実か誇張かはともかく、剣の一振りで千人を散らした逸話の持ち主に敵対行動を取るなど、命を捨てに掛かっているとしか思えない。本能に忠実な獣や魔獣であれば猶のこと、全力で避けるだろう。

仮に、森の中に棲息していた魔獣に生徒が誤って何かを仕出かしてしまっていたとしても、ここまで執拗に追いかけるものだろうか。

生徒たちの後を追いかけるように走って来る五頭ほどの黒に錆色が混じった大型の獣を、散開しつつ守りながら進む護衛が近づかせないように牽制していた。森の中にいた教師たちが先導し、横の守備と殿を護衛が務める形だ。

ハラハラと見守るしかない佐保たちだが、射程距離に入ったことで畑側に残っていた護衛たちが弓をつがえて援護射撃をすることで、何とか追い付かれずに合流を果たすことが出来た。

「森の……奥から急に飛び出して来て……」

「帰ろうとした、んだけど」

息を切らせながら涙声で説明する件の班の生徒たちはすぐさま気付けの酒を与えられた。中には安心からかそのまま倒れ込んだ生徒もいて、全員が蒼褪めた顔のまま我が身に起きたことを信じられずに呆然としていた。追われている生徒を見つけて援護をした教師二名も腕を掠めた爪で怪我を負ってはいたが、動く分には支障はないようで手当てを受けた後もそのまま武器を手に守りを固めるために配置につくようだ。

そう、問題は百名ほどの人間がこの場から動けないことだった。

丘の向こうから歩いて来たため全員を運べる馬車はない。荷馬車はあるが器材を乗せて来た分だけなので二台しかない。うち一台は森の中から危険を知らせる笛が鳴ったと同時に馬車から馬を外し、救援を求める伝令を一番近い村に走らせていて、使えるのは実質一台のみだ。馬術に優れた騎手を選べるのであれば双子のどちらかが伝令に最適だったのかもしれないが、即断即決の場面では同じ教師の中から選ばれている。よく考えるまでもなく、重要な任務には違いないので責任を取れる教師を向かわせたのは間違いではないだろう。

そして残った全員が出来るのは、助けが到着するまで防衛に徹することしかない。

ここにいるほとんどは十代前半の少年少女であり、訓練された軍人ではない。仮に恐怖を押し殺して整然とした行動が取れたとしても、全員が同じ速度を維持したまま獣より早く逃げることが無理なのは誰の目にも明らかなのだ。獣にとってはこれは狩りでしかない。武器も持たない弱い子羊たちの群れから獲物を一匹ずつ仕留めて行くのは容易(たやす)いに違いない。

「測量の器材を下ろして積み上げろ！」

護衛たちが牽制をしているおかげで、魔獣たちは簡単には近づけない。その間に少ない器材を何とか活用して、窮地を凌(しの)げるようにしなければならなかった。

だが器材と言っても長い紐と棒があるだけで、他に有用なのは幌(ほろ)のない荷馬車しかない。見渡す限りの畑には、投げつける石すらないのだ。

生徒たちは荷馬車を中心に集められ、周りを戦える教師と護衛が間隔を空けて取り囲む円陣が作られた。荷台には体調を悪くした生徒が乗せられ、体格や体力を考慮しながら押し競饅頭のようにぎゅっと生徒たちが寄り添う。

防御には役に立たないと思われた測量用の棒も手ごろな長さに切り折ることで、武器に見立てることが可能となった結果、武器を持っていなかった教師数名と参戦を希望する生徒の中から数名が所持することになった。当然ながら、武器を手にした生徒の中にアンゼリカも含まれる。

そして佐保も身長より丈のある棒を護身用として借り受けていた。その横には悲壮な決意に満ちたアルフリートが震える手で半分に折られた棒を持っている。

「私が言うのもなんだけど、クサカは荷台の上に避難していた方がいいんじゃない？」

キリっと凛々しいアンゼリカの忠告に、

「少しは扱えるから役に立てると思う」

佐保は自信なさげに笑みを浮かべた。実際、槍術の名手と言われる木乃に棒術の触りは教えて貰っているので、少しは扱えるという言葉に嘘はない。しかし、実戦で通用するかと言われればまず無理だというのは佐保本人もわかっていた。それでもただ守られているのは何か違うとも感じていたのだ。

ここにサークィン皇帝レグレシティスがいたならば、国民を守るために自ら剣を持って立ち向かっただろう。自身も守られる立場でありながら、守ることにも躊躇いは見せない。皇国民はレグレシティスにとって大切な我が子でもあるのだ。

（だったら僕も守らなきゃ）

出来るかどうかではなく、守る者が圧倒的に少ない状況では守る側に立ちたいと望んでしまう。役に立たないのにでしゃばって自分だけが満足して陶酔に浸っている偽善者だと罵られたとしても、今この場では立ち尽くすよりも動きたいと望んでしまった。

佐保が皇妃だと知る者が今回の引率者の中にいないのはほぼ確定している。学院長と警備長は知らされているが、基本的に佐保は普通の生徒だとみなされているはずだ。もしも皇妃だと知っていれば、伝令と一緒に馬に乗せて逃がしていたはずなのだから。

「安心して、アンゼリカ。一番前に飛び出すようなことはしないって誓うよ」

「当たり前よ。そんなことしているのを見つけたら、縛ってでも荷台に放り込むんだから。幸い縄はたっぷりあることだし。私は本気よ、クサカ」

ずいっと詰め寄られた佐保は慌てて一歩足を引いて上半身を反らせた。

「大丈夫だよ、アンゼリカ。俺が絶対にこ……クサカを守るから安心していい」

ずいっと佐保を庇うように前に出たアルフリートの顔を見上げ何か言いたげな顔をしたアンゼリカだったが、

「その言葉、信じていいのねアルフリート」

「うん。僕も男だ。やる時はやるよ」

（いや僕も男なんだけど）

佐保を除け者にして、二人で何か通じ合うものがあったらしく、ガシッと手を握り合った。熱血スポーツマンガにありそうな場面だと思いながらも、魔獣を追い立てる護衛たちの大きな声に耳を傾けた。

（アルフリート君は守ってくれるっていうけど、たぶん、大丈夫だと思う）

レグレシティスや団長が手配してくれた護衛の騎士か兵士が近くにいるはずなのだ。もしかすると、今戦っている護衛の中にも「皇妃の護衛」が含まれているかもしれないと、危なげない連携で魔獣を追い払う様子を見ながら漠然と思った。逆にだからこそ、佐保がこの場に残っていてよかったとも思うのだ。もしも佐保が離れた場合、彼らは対応を選択しなくてはならなくなる。逃げる佐保のために人を割けば、集団側の戦力が下がることになり、全員の命を危険に晒すことになってしまうからだ。

（最善なのは）

佐保はゆっくりと考える。

（僕が怪我をしないで無事にいること。それから救援が来るまで誰も死なないように、大きな怪我をしないように粘ること）

ここは閉ざされた空間ではない。これ以上ないほど開かれた空間で、王都までの距離は絶望的なほど遠いわけではない。この畑を耕作している農村も近くにあり、必ず警備隊があることもナバル村に住んでいた佐保は知っている。これまで公務で訪れた視察旅行の時に立ち寄った町や村にも必ず常駐する警備隊があった。

魔獣が村を襲う可能性があることを踏まえるとあまり人数は出して貰えないかもしれないが、三人でも五人でも戦うことを専門にしている人たちの助けの手があれば嬉しい。

棒を手にした生徒たちも中心を守るように外向きに武器を構えてはいるが、教師や護衛たちは生徒を戦わせることなく収める心積もりだったのだと思う。実際に、五頭の魔獣は倒せもしなかったが、近づくことも出来ないまま遠巻きにしているだけだ。

（そもそもそこもおかしいような気がする）

大量の獲物を前にむざむざと逃げ帰るのが嫌なだけと言ってしまえば簡単だが、そこまで執拗に狙うだろうかと思ってしまったのだ。佐保もまた魔獣と呼ばれる攻撃的な獣に接したのは初めてなので、これが本来の習性なのかもしれないが数だけ見れば五対百で圧倒的に不利なのは魔獣だ。

今は獣独特の素早い動きと特殊な攻撃を持っているかもしれないとの警戒から護衛たちも集団から離れることはないが、その心配がなくなれば森に追い立てて狩ることも不可能ではないはずだ。

「どうして逃げないいんだろう」

佐保がぽつりと呟けば、棒の代わりになぜか縄を手にするクリステンも小声で応えた。

「逃げるつもりはないのかもしれないね。何かに似ていると思っていたけど、獲物を追い込む猟犬の動きに似ているんだ」

猟犬に似ているから何なのだろうか。

尋ね返そうと口を開いた佐保だったが、

「援軍が来たぞ！」

誰かの叫びにハッと肩を揺らした。

たくさんの生徒が森の方を指さしていた。そこから現れた馬車から降りた十名ほどの集団が魔獣の方に向かって走って来る。うち二人は騎乗しているので誰よりも早く魔獣に追い付き、手にした剣で倒すことが出来そうだった。

助けが来た――。

誰よりも生徒たちの中に安堵が広がっていく。これでもう安心だと誰もが思っただろう。そう、教師でさえ一瞬気を抜いたのは否めない。

だが、

「敵だ！　構えろ！」

切羽詰まったような護衛の叫び声に、まだ終わっていないどころか始まってさえいなかったことを知る。

魔獣の後ろから迫った騎馬は、魔獣に一撃を与えることなく駆け抜け、行く手を阻もうと走り出した護衛を振り切り、生徒たちの集団の方へと真っ直ぐに向かって来た。

手に持つのは銀色の鈍い光を放つ剣。

佐保は目を大きく見開いた。

顔の半分を布で覆った男の剣が、教師の一人に向かって振り下ろされようとしていた。

つづく

今日の爪切り

ぽかぽかと暖かな日差しが硝子窓越しに差し込み、春の終わりを感じさせる長閑な午後。

私ことミオは佐保様に爪を切っていただいた。誤解のないよう言っておくが爪切りの練習の一環なのだ。佐保様が本当に切りたいのは陛下の爪。成婚からしばらく経った頃から、陛下の爪切りは佐保様の役目になったのだが、なかなか上手に切ることが出来ず悩んでいた。故郷で慣れ親しんでいた爪切りと形状が違うため、難しいらしい。


「僕が使っていたのは、上下に挟んでパチンって切るのだったんです。だから手も足も自分で何でも出来たんだけど、ここで使ってるのは鋏みたいなのでしょう？　だから勝手が違うんで最初は随分困ったんです」

「その時はどうしていたんですか？」

「ええと、笑わないでくださいね」

佐保様は前置きしてナバル村にいた時のことを語ってくれた。

「爪を切る仕事の人がいるって知るまでは、爪を研いでました。刃物を研ぐ時のをこっそり借りたり、それに時々猫みたいに木や板に爪を立ててがりがりって研いだり。足の爪は何とか切ることは出来たんだけど、手は本当に困りました」

「それは苦労なさったんですねえ」

「本当に。でも村長さんに気付かれてからは、定期的に切って貰ってたんですよ。ナバル村では使用人の人達を集めて、検査するんです。その時に爪が長すぎたり、汚れてたりしたら綿布を作るのによくないからって」

「なるほど。村全体で管理していれば、みんなの爪が揃ってきれいになりますね」

「うん。村長さんは本当にいい方だから、みんなに尊敬されて慕われてました。王都に来てからは、アイリッシュさんに切って貰うことが多かったかな」

そして王城に住まうようになってからは、私が佐保様の爪切り係を担当している。同僚の木乃さんは、元々がサラエ国の文官だったためこういうことは佐保様以上に不得手で、私だけの特権だ。

もしかすると陛下も佐保様の爪を切りたいと思っているかもしれないが、幼少時からキクロス様や他の侍従に世話をされて来た陛下は自分で爪を切るという経験が不足している。佐保様と同じように技量に不安があるため、もしも爪切りをしたいと言い出された時には、特訓をして上達してからお願いしますと言わなければならないだろう。

「うーん、なかなかうまく切れないなあ。不揃いになっちゃってる」

卓の上に置いた私の爪を眺め、佐保様は不満げだ。

「そういう時にはやすりを使うんですよ。ほら、そこに爪用のやすりを置いていますから、それを使って細かいところを揃えてみてください」

「わかりました。頑張ります」

陛下の爪を切るまでの道のりは遠そうだ。

■ 今日の爪 ■

爪切りの練習は続く。だが問題が。爪というものはそんなにすぐに伸びるものではない。常日頃から清潔を心がけているならなおさら。では爪切りの練習数をこなすにはどうしたらよいか？　目を付けたのは本宮護衛の騎士たち。

佐保様いけません、騎士の手を取るなど。

そこの騎士！　顔が赤い！


「佐保様、本当によろしいいんですか？」

「はい。練習するならたくさん爪を切った方がいいから。それに騎士の方たち、皆さん快く練習台になるって言ってくれたんですよ。自分たちは頑丈だから、仮に怪我をしたとしても平気だって」

それは……騎士たちはわかっているのだろうか？　自分たちの発言が遠回しに怪我をすることが前提になっていることを。つまりは、佐保様の爪切りがお上手ではないと言っているようなものだ。

団長が聞けば、お仕置きまっしぐらだろう。

確かに、まだ回数も少なく実際に上手だとは言えないが、丁寧に丁寧にと心掛けている姿は、手を預けている側としては安心して任せていられるものでもある。恐らく騎士たちも、日頃から佐保様の為人に接して、例え何があってもという気持ちから善意の申し出をしてくれたのだとは思う。

「本人たちがいいと言うのなら」

やれやれと見つめる私の目の前には、騎士が十人ほど並んでいた。

本宮の護衛騎士は朝昼晩の三交代で、延べ三十人ほどが勤務している。そのうち夜番を除く、昼番と遅番が日替わりで佐保様の練習台になってくれるという。

「昼番と遅番の交代に重なるようにしたら、どっちの担当の人も並べるでしょう？」

協力して貰えるか最初は不安だった佐保様は、順番待ちの騎士の多さに、にこやかな表情を浮かべた。

場所は本宮の建物から目と鼻の先の庭園の一画だ。清らかな水を噴き上げる噴水を見下ろすように作られた露台の椅子に座り、佐保様は準備万端で待つ。

本日も晴天で外でも暖かいとはいえ、足元は大理石。座りっ放しで足腰を冷やしてはいけないので、念のため膝掛けは持参している。

「爪切り鋏も持ったし、やすりも忘れてないし、大丈夫」

やる気に満ち溢れている佐保様に、やっぱり止めましょうと口にすることは私には出来そうにない。

「それでは始めますね」

「よろしくお願いします」

私は後ろに立って見張り番だ。不埒な真似をする騎士がいるとは思わないが、佐保様は騎士たちには親しみのある皇妃として人気が高いのだ。率先して練習台になろうとやって来る気概は評価するが、下心を持つ者は徹底的に排除しなくては。

そこの騎士！　不必要に佐保様の手に触れない！

■　今日の行列　■

本宮の庭で今日もパチパチ爪切り。行列を作る騎士たちに混じるあの短い金髪は副団長。ニヤニヤしているのはきっと陛下に自慢するつもりに違いない。

腕組みして唸っていると団長の姿が！

昨日に引き続き、今日の午後も練習のため、佐保様は庭先で騎士を相手に爪切りに取り組んでいる。時々何か騎士と話をしているが、会話の内容は覚えていても、佐保様の方は騎士の顔は覚えていまい。何しろ、少しでも目を離せばどうなるかわからないのだ。よって、顔を覚えて貰おうと目論んでいる騎士たちには悪いが、佐保様が気にして見つめているのは爪だけ。よしんば覚えているとしても、誰誰の爪の形を失敗しただの、固くて大変だっただのなどの爪に纏わる話くらいだろう。

しかし、なぜに列が伸びているのだろうか？

昨日の十名は夕方までには終わったが、今日はそれ以上に並んでいる気がする。予定では昼番と遅番だけのはずが、この人数を見る限り彼らだけのはずがない。

しかも、だ。

「……いつの間にか副団長が並んでますね」

途中でふと顔を上げて行列を眺めれば、見慣れた金色の短髪が見えるではないか。長身の副団長は目立つため、間違えるはずはない。

「本当だ。あ、手を振ってる」

律儀に手を振り返す佐保様に脱力だ。らしいと言えばらしいのだが。

しかし、今日の警備担当ではない副団長がいるということは、列に並ぶ騎士の中には本宮担当以外も混ざっていることになる。他の部署からわざわざ本宮まで足を延ばしたか、非番だったかどちらかだろうが、騎士の中に佐保様の爪切り練習が広まっているのは確実のようだ。

きっと、昨日の騎士たちが同僚に自慢でもしたのだろう。

「佐保様、陛下は爪切りの練習のことは御存知なんですか？」

「はい。上手になるまで待っててねって言ったら、笑ってくださいましたよ。だから出来るだけお待たせしないで切れるようになりたいんです」

本心から願う佐保様だから、自分のために練習するというのだから、陛下もきっと何も言えなかったのだろう。いつまでその忍耐が持つことやら……。

「あ、ミオさん、ミオさん。団長様が来られました！」

――まさか団長まで爪切りに並ぶつもりなんじゃ……。

■　今日の小剣　■

慌てる騎士たちを横目で見ながら団長は佐保様の隣に座った。そして小剣を取り出し、いきなり鞘を抜いたから驚いた。キラリと光る銀の刃。団長は小剣を自分の指先にあて、爪を切り始めた。いや、この場合削ぐという表現が正しいだろう。皆ゴクリと見守る中、団長は爪を削ぎ続け……。


団長が列に並ぶことはなかった。長い栗毛を靡かせて、姿勢よく颯爽と歩いて来た団長は、

「お隣に座ってもよろしいですか？」

丁重に佐保様に許可を得た後、ゆっくりと座った。動作の一つ一つが優雅に見えるのは、きっと醸し出す雰囲気のなせる業だ。しかし、その優雅さは今はあまり関係ない。

「え」

全員の目が点になった。団長は常に二本の剣を腰に差し、背中側に提げているが、それとは別に小さな剣も持っている。その小剣に手を掛けたと思ったら、鞘から引き抜いたのだ。

間近で見ていた佐保様が一番驚いたと思う。

まさか団長が何か危険なことをするつもりはないと思いたい。万が一あったとしても、百人が束になっても敵いっこないのだ。

何故だか皆が手に汗を握る中、団長が刃を向けたのは他人ではなく自分の爪だった。右手に小剣を持ち、左手の爪先に宛てがうと、何の躊躇いもなく爪を削ぎ始めたのである。

「すごい……」

佐保様の口から思わず感嘆の声が飛び出た。

例えるなら、熟練の腕を持つ蠟職人が蠟を削るように滑らかに、淀みなく刃は動く。軽く石鹸を削ったことがある人なら、わかると思う。固いはずの爪が、とても柔らかいもののように見えるのだ。

剣技に優れているのは知っていたが、まさかここまで刃物の取り扱いに慣れているとは……。

団長の持つ小剣は両刃のため、片刃の包丁などと違って刃先を摘むわけにはいかない。よって、刃先だけを爪に当てて削るのだが、右手と左手の爪の距離が離れている分、少しでも手元を誤れば、皮膚ごとざっくりといってもおかしくないのだ。誰が話し掛けることが出来ようか。

全員が動けずに見守る中、団長は左手の爪をすべて切り終えた。

「上手ですねえ」

佐保様だけはただただ感心しているが、たぶんそういう問題ではないのだと思う。

にこりと佐保様に笑顔で返した団長は、次に右手の爪を切るべく、左手に小剣を持ち替えた。普通なら利き手以外の手では絶対に出来ないことをやろうとしているのだ！

■　今日の尊敬　■

佐保様は目を輝かせ、尊敬も露わに団長の手元を見つめている。だが私は見た。団長が浮かべた微笑を。

騎士全員が固まってしまう中、ふぅっと爪先に息を吹きかけ満足そうに見つめた団長は、小剣を手のひらにペチペチ叩きつけながら騎士たちへ言った。誰から爪を切りましょうか、と。


隣で食い入るように見つめている佐保様の視線をものともせず、団長は器用に左手で右手の爪を削ぎ始めた。右手に握っていた時とまるで同じように、軽々と小剣を動かすたびに、白い爪が薄く削れていく。余人にはまず無理な芸当だ。

「そうか、団長様は二本の剣を同時に使うことが出来るんですよね。だから、右でも左でも上手に切れるんですね」

「なかなか便利ですよ。両方を扱えるというのは。一応、利き手は右ですが、むしろ左手を使うことの方が多いかもしれませんね」

「どうしてですか？」

「剣を二本同時に扱うことは稀です。ですから、右手で剣を持っている時に、左手で他のことをするのですが、そうなると剣を使うこと以外も得意になっていくというわけです」

「なるほど」

じっと自分の両手を見つめる佐保様。

無理ですから！　今から左手を特訓しようと思わないでください！

「右手でご飯食べながら、左手で本をめくるくらいは出来るけど、僕に複雑な動きは難しいです」

「長年の慣れとしか言いようがありませんね」

お二人の会話は、団長は下を向き、佐保様がじっと手元を見つめる中で行われている。他の騎士たちは、刃物を持った団長に声を掛けられないでいるのだが、怖いもの知らずというべきか、普段とまるで変わりないやり取りだ。

集中力が途切れず、注意力が散漫にならず、話し掛ける佐保様の声にも気を削がれることなく、ジャガイモの皮を剝くよりも手早く爪切りを終えた団長は、自分の目の前に両手を翳し、満足そうに微笑んだ。

「どうですか？」

「すごい！　本当にきれいに切れてる！」

感心する佐保様ににこりと笑みを返し、団長は騎士たちには佐保様に向けたのとは別の種類の笑みを——微笑を浮かべた。

「さあて、今からが本番です。誰の爪から切りましょう。遠慮は無用ですよ。一番手は誰ですか？」

■　今日の背筋　■

そろりと誰かが列を離れようとした瞬間に飛んだのは、

「直立不動！」

というピシリと厳しい団長の声。それはもう見ものだった。副団長含む全員が顎を反らし、両手を体の真横にして踵を揃え、まさに直立不動。額に浮かぶのは冷や汗か。


決して大きくも居丈高でもない、むしろ平坦な声だったが、それだけに付き合いの長い騎士たちには、団長の機嫌が頗るよろしくないとわかったようだ。飛んで来た団長の命令に、全員がその場で直立不動、動くことが出来なくなってしまう。

間近で訊いていた私でさえ、思わず背筋が伸びてしまうくらい強制力を持つ団長の声だ。

地面に影を縫いとめられたという表現は、あながち間違いではないのかもしれない。見えない刃が騎士たちの足元に刺さり、動きを封じている。それとも恐怖で身動きできないと言った方が適切か。

今思えば、団長が露台に姿を見せた時からこうなることはわかっていたはずなのだ。だが一連の流れるような動作の中で逃げることが出来なかったのは、一つには怖いもの見たさがあったのかもしれない。良くも悪くも強く華やかで求心力のある団長だ。だからこそ騎士たちは敬愛し、付き従っているのである。

たまにはこんな日もあるだろう。

「殿下、騎士たちの爪はまだですよね？」

「はい。始めたばかりだったので、まだ三人しか切ってないです。あんまり上手に出来なかったけど」

その幸運な三人は、露台から降りたところにある植え込みの隙間から様子を窺っている。確かこれから警備にあたる騎士のはずだ。彼らは心の底からほっとしているだろう。早くに並んでいてよかった、と。

露台に並ぶ黒い制服の騎士たちは、言われた通りにじっと動かないまま、団長の新たな指示を待つ。

その中には副団長もいるのだが、他の騎士と同じように直立不動の体勢を取ったまま、声を出すこともしていない。

あの副団長が何も言い出せないでいることが、そもそも団長の不機嫌さを表しているようなものなのだ。おそらくは、と騎士の顔を見て思った。

（副団長、顔色がよくありませんね）

一番この状態から解放されたがっているのは副団長に違いない。敢えて名指しで叱られないところがまた怖い。

それにしても団長はこれからどうするのだろうか。

■　今日の責任　■

殿下の手を煩わせてしまうほど騎士の衛生状態が悪いのは監督不行き届きが原因。なので自分が責任を持って騎士たちの爪を切らせていただきますと笑顔で言った団長は、身じろぎ一つしない騎士たちへ手を見せなさいと命じた。

一糸乱れぬ動きで一斉に手が出される様子はまさに壮観だ。


前に倣えの状態で、手を真っ直ぐに伸ばした騎士を酷薄としかいいようのない微笑を浮かべ、睥睨しながら、団長は言う。

「これだけ大勢の騎士が列に並ぶということ、つまり爪一つ満足に切っていないことが嘆かわしい。お前たちの衛生観念がどうなっているのか、一度頭の中を切って見せて貰いますか？　それとも騎士を辞めますか？　はっきり言います。私は不潔な騎士は騎士団には不要だと考えます」

数名がギクリと肩を揺らす。

え？　不潔な騎士？

まるでそう問いたげな佐保様の視線。

（佐保様、騎士が倒れそうです。その辺で勘弁してあげてください）

同情するほど仲がよいわけでも親しいわけでもないのだが、さすがに可哀そうだ。本気で毎日不潔不衛生でも平気だと考えているのなら、本宮への出入りを禁止しなければならないが、たまたま無精が重なったくらいでこれは厳しい。

と言っても、満足に体も洗っていない騎士なら、団長ではないが騎士の名を返上して貰って一向に構わない。サークィン皇国騎士団とは、いつ誰が見ても高潔で腕の立つ人格者であらねばならぬのだ。少なくとも対外的に他者の前ではそうあることが義務だった。例え、腕の立つお茶目な騎士であったとしても。人柄だ、人柄がよければいい。

「不潔な騎士、汚い騎士。そんな異名を持つ部下など私はいりません。お前たちはどちらです？　不潔な騎士ですか？」

全員一斉に首が横に振られる。

「では、今回の爪切りはたまたま、そうたまたま爪を切らなければならない周期が重なったと、そういうことですか？」

力なく上下に振られる頭。

「では、あなた方は皇帝陛下の騎士団として恥じることはないと、そう考えていてよいのですね？」

今度も頷く頭。

団長はにっこりと口角を上げげた。

「わかりました。けれど、これだけの騎士の爪を殿下にすべて切っていただくわけにはいきません。

汗臭い男の手をずっと握り締めたままなのも、よろしくない。そこで私は考えました。不潔な騎士は必要ない。殿下は一人しかいない。よって、切る人間を増やせばいいのでは、と。名案でしょう？」

■　今日の検査　■

一列に並んだ騎士たちの前をゆっくりと団長が歩いていく。見ているのは勿論爪。好奇心からひょこひょこ後ろをついて歩くのは佐保様。まるで佐保様の後をついて歩く仔獣のようで和む。

団長は時々騎士の肩に触れ、触れられた騎士は一歩前に出て待つ。顔が蒼白なのはやはり……。

それまで優雅に腰掛けていた団長が立ち上がり、ゆっくりと歩き出す。向かう先は勿論、手を伸ばしたままの騎士たちの列だ。――どうでもいいが、これだけ長い間手を水平に伸ばしたままにして平気な騎士は凄いと思う。筋力が凄いのは日頃の鍛錬の賜物か、それとも日常的に似たようなことが行われているからなのか。……深く考えるのは止めておこう。

一体何をするのか気になったのか、佐保様も団長の後を付いて歩く。前々から思っていたが、本当に佐保様は団長を敬愛し、慕っている。副団長を相手にした時とは、こう目の輝きが違うのだ。副団長が気楽な友達としたら、団長は憧れのあの人という感じ。ああ、佐保様にとってはまさにその通りなのだろう。

なんとなく、団長も佐保様を可愛がっている気がする。皇妃だから丁寧に親切にしているというのとは、少し違う気がする。

例えて言うなら、自分よりも弱い相手には優しくしなければならないという圧倒的強者としての庇護欲のようなもの。もっと近しいところでは、仔獣を可愛がる佐保様のような感じだ。

侍従としては、どんな感情や思いが根底にあるにしても、お守りしていただけるのなら大歓迎だ。

「これからどうするんですか？」

「殿下のお手を煩わせるわけにはいきませんからね、少し選別をさせていただきます」

話しながら団長は一人の騎士の前で立ち止まると、

「前に出なさい」

明るくそう言った。

肩に手を置かれた瞬間、ひっと声が出そうになるのを何とか飲み込んだ騎士は、団長の顔を蒼白な顔でじっと見つめた。

「前に出なさいと言いました。出来ませんか？」

穏やかな口調だが有無を言わさない命令。こういう喋り方が似合うのは、団長くらいなものだろう。

騎士は慌てて前に出たが、手を前に出したままなので間の抜けた恰好だ。

「手は下ろしていいですよ。お前たち、この男のように私に触れられたら一歩前に出て待つように」

■　今日の動機　■

前に出された騎士に共通しているのは短い爪。わざわざ切るほどでもない爪の持ち主だ。伸びる前に切るのは結構だが、動機が動機だけになんとも言えない。彼らはきつく叱られるかと思っていたはずだ。蒼白なのはそのせいだ。

が、甘い！　甘過ぎる！　あの団長がそんなに甘いはずがない。

最初の一名が出た後、続けて一人、また一人というように前に出る騎士が増えて来た。今のところはまだ元の列に並ぶ騎士の方が多いが、最後尾に辿り着く頃には人数の配分が逆転しそうな気がする。

「何を基準にして声を掛けているんですか？」

騎士の手を一緒になって覗き込みながら、佐保様が尋ねた。

「爪の長さですよ。爪が長いものが後列、短いものが前列。それで分けています」

「じゃあ、爪の長い人は無精した人？」

団長はくすりと笑った。

「そうとも言いますね」

気の毒に。今この場で不衛生で身なりに構わない男と佐保様に知られてしまった騎士たちは、しょんぼりとしている。さすがに佐保様に嫌われたくはないらしい。

「でもそのおかげで僕の練習が出来るから、あまり騎士たちを責めないであげてくださいね」

「殿下はお優しいですね。まあ、ちょうど切ろうと思っていたものもいるとは思いますので、今後気を付けて貰えば結構です」

言い換えれば、二度と同じ注意をさせるなという脅しだ。

しかしながら、前列の騎士はまだましな方だろうと、後列が多くなるのを眺めながら私は思う。

(それに、前列の騎士のうち、半数はほっとしている顔で、もう半分は今にも倒れそうなくらい蒼褪めているようだし)

ほっとしているのが比較的若い騎士、蒼褪めているのが年輩の騎士というように分かれているのも気に掛かる。経験年数と団長との付き合いを等しく結べば、自ずと結論が出てくるのではなかろうか。

つまり、蒼褪めている騎士たちは自分たちが単に注意だけで済まされるはずがないと確信しているということだ。

では一体どうなるのか。

団長は選別と言っていた。佐保様の負担を減らすとも。爪の短い者たちは、この場で解散？　いやいや、そんな簡単に済めば蒼褪めてなんかいないだろう。

団長はくるりと背を向けると再び椅子に座った。隣にちょこんと座る佐保様へ微笑みかけた団長は、顔は佐保様を向いたまま騎士たちに向けて人差し指を軽く振る。

来いという命令に悲壮な顔つきで団長の前に並ぶ選ばれた騎士たち。

団長は鞘に納めていた小剣を取り出した。

爪切り再開です、と。

最後尾まで検査を済ませた団長は、その場では何も言わずに元いた場所に戻り、腰掛けた。ついて歩いていた佐保様も同じように椅子に座る。

「さて、これで選別は終わりました。聡いお前たちならもうわかっていると思います。今からが本番だと」

どよめきが列の中から上がる。

「お黙りなさい。私がよいというまで私語は厳禁です。マーキー、特にお前はいいと言うまで絶対に口を開いてはいけません。いいですね？」

列に並ぶ騎士の中では最高位の副団長は、先に制されて開きかけた口を閉じてしまった。副団長が何も言えないのでは、平の騎士が団長へ抗議することも質問することも出来やしない。

「よろしい」

どよめきが鎮まったのを確認して、団長は座ったまま人差し指をくいと自分の方へ振るように折り曲げた。こっちへ来いという合図である。

「……」

一番最初に前に出された騎士が、よろめきながら一歩を踏み出す。それに続くようにして騎士が、一人二人と後を続き、団長の前に並んだ。全員がしっかりと顔を上げてはいるが、蒼白具合は先ほどの比ではない。

「あれ？　短い爪の人は切らないでいいんじゃないですか？　だから前に出された騎士の方はお仕事に戻るんだと思ってましたけど」

「戻りますよ。でも爪切りが終わってからです。彼らは自発的に爪を切って貰おうと並んだ者たちです。彼らの中では己の爪は切って貰わなければならない長さという認識なのでしょう」

「なるほど」

「ですが、ここまで短い爪では逆に殿下の練習の妨げになってしまいましょう。非礼を承知で申し上げると、殿下の爪切りの技術はまだ発展途上で拙い。殿下にも騎士たちにも要らぬ神経を使わないで済むように、私が責任を持ってこちらの列を担当させていただきます」

佐保様感心。騎士たち涙目。団長は——。

誰もが呼吸を止めてしまいそうな緊迫した空気が一面に張りつめる中、全員の目は二人に注がれていた。団長と、団長に手を預けている騎士。真っ青を通り越した白い顔の彼は横を向き、手元を直視していない。

小剣が爪先を掠める度、叫びたいのを堪えている表情。動くのが怖いのだ。


「手」

見慣れた黒い手袋を嵌めた団長の手に、恐々と、まるで生まれたての仔馬に触れるように騎士の手が差し伸べられる。

もちろん、団長の右手が持つのは先ほどまで自分の爪を整えていた小剣だ。この場にある爪切りは佐保様が持っているものだけで、他はないから当然と言えば当然。

一番手は若い騎士で、団長と触れ合う機会は今まであまりなかったに違いない。気の毒だが、これも騎士として成長する上で必要な儀式の一つだと思えば、耐えることも出来るだろう。きっと、この儀式が終われば、精神的な強さを鍛(きた)えられた彼は一皮も二皮も剝(む)けるはずだ。そうあって欲しいと願う。

――などと他人事だから言えることで、もしも自分が同じ立場にいたのなら、手を出す前に泣きわめいて許しを請うていただろう。だから本当に賢い騎士は、団長がいてもいなくても、誰が見ていても見ていなくても、高潔な騎士の心を常に持ち続け、己の行動を顧みながら行動するのである。

要は、列に並んでいる騎士はまだまだ甘いということだ。

この場にいない騎士には教訓として残したい事例だ。

団長が小剣をゆっくりと騎士の爪に近づけた。逃亡を阻止するわけではなかろうが、団長の左手はしっかりと騎士の手を摑んでいる。

そして爪に当たる寸前で、

「そうそう」

思い出したように顔を上げ、蒼白な騎士たちに向かって言ったのだ。

「最初に注意と言いますか、警告を与えておかなければ公正ではありませんね」

警告!?

蒼白な顔からさらに血の気が引く音がした。

「まず私は他人の手の爪を日常的に切るという習慣はありません。よって慣れているとは考えないこと。そのため、あなた方が動いてしまえば的を誤って傷つけてしまう恐れもあります。どうすればよいか、わかりますね？」

「了解しました！」

引き攣った声が一斉に叫ぶ。

「よろしい。決して、決して動いてはいけませんよ」

■　今日の空気　■

少しでも手元が狂おうものなら鋭利な刃が皮膚を切り裂くのは必至。だから騎士も必死、周りも必死。聞こえるのは楽しそうな団長が時々漏らす笑い声と爪の削れる音。あの佐保様でさえ雰囲気に呑まれている。ああ、それなのに！

なんということでしょう！

散歩から戻って来た仔獣が……。

音を言葉にするなら、シュッシュッ、或いはシャッシャッだろうか。軽い音は小剣が爪を削る音である。

動くなと言われた手前、どんなに恐怖を感じても、どんなに不安を感じても、

「あ」

なんていう団長の声が耳に入ったとしても、騎士は頑なに自分の手元から目を背け続けるのだ。賢い選択だと思う。

「なんだかまだ削り方が甘いですかね？」

自問自答するのは意図的なのか、それとも無意識なのか。意図的なら、騎士はしばらく立ち直れないのではないだろうか。

（おおっ、すごいすごい）

本来なら、半分以下になった騎士の爪を切らなければならない佐保様も、団長の手元が気になって仕方がないようで、作業を中断して見物している。

熱心に見つめている佐保様は、無意識のうちに手のひらを口元に当てて、声を出さないようにしていた。

不意に声を出して手元が狂っては大参事なので、私も賛成だ。

団長の列ではない命拾いした騎士たちも、自分たちの爪どころではないのだろう。まるで自分がされているように、団長が声を出すたびに、びくりびくりと体を動かして震えている。

なんだか、爪を切られている騎士が体を動かせない代わりに、動かしているような気さえして来た。麗しい騎士団愛である。

真っ先に並んだばかりに一番最初の犠牲者として名乗りを上げなければならなかった騎士は、これから団長に爪を切って貰う騎士たちにとって勇者にも等しい存在になったはずだ。

しんと静まり返った露台。

聞こえるのは団長の声と時々どうしても漏れてしまう息を呑む音。苦しげな呼吸音。

緊張の中で奏でられる悲しみの音色に別の軽い音が混じったのに気付いたのは、佐保様だった。

「誰か来た？」

足音よりも軽く、忙しないのに一向に姿の見えない相手。

「あ」

佐保様の顔に笑みが広がった。

「リンデン、グラス」

羽をパタパタ動かして、仔獣参上だ。

■　今日の帽子　■

大好きな二人が並んで座っているのを見つけた仔獣は一目散に走り寄って来た。

何度も言うが仔獣は小さい。まだ飛べない小さな羽をパタパタ広げて、にょろにょろと。自然皆の視線は足元へ。二匹はどこかに潜り込んで探検でもしていたのか、まさに綿帽子を乗っけた状態。

誰かがぷっと吹き出した。

昼のご飯として神花を食べた仔獣は、昼寝をせずにそのまま遊びに出掛けてしまった。最近ではよく遠出をする二匹は、散歩の帰りに露台に並ぶ黒い騎士たちを見つけ、何事かと好奇心から覗きに来たと思われる。

そこで大好きな佐保様と、厳しいけれどいろいろ教えて可愛がってくれる団長の姿を見つけてしまえば、二匹が取る行動は決まっている。

きらきらと目を輝かせて仔獣たちが駆けて来る。実際には体をにょろにょろ動かして這う動作なのだが、心情的には「歩く・走る」が二匹の基本的な動きだ。

白い大理石の露台に、金色と緑色の仔獣はよく映える。

佐保様が声を出したことで仔獣に気付いた騎士たちの視線は、自然と足元へと向けられ、そして一斉に顔が背けられた。

欲目かもしれないが、仔獣たちは非常に可愛い。世界で一番可愛いと言い切ってしまうだけの自信がある。

その二匹から顔を背けなければならなかった騎士。

殺伐として、緊張感に満ち、悲壮感が漂うこの場には、実に不似合いなのだ、仔獣たちは。

「お前たち、それどうしたの？」

佐保様が思わず問いかけてしまうくらいに、仔獣はいつもと違っていた。いや、違っていたのは一部で、頭の上にふわふわの灰色の綿帽子を被っていたのである。

ぽっこりとした半球形の灰白の綿埃が、ちんまりと頭の上にあるのは、あまりにも似合い過ぎだった。

「とっても素敵な帽子を被ってるけど、今日はどこかに潜って遊んでいたのかな？」

やっとのことで佐保様の元まで辿り着いた二匹は、足元に擦り寄った。それでも落ちない綿帽子に、佐保様は二匹を手のひらにすくい上げ、笑いながら顔を近づけた。

「そうなの？　楽しかったんだ。よかったねえ」

今日の冒険を話しているつもりなのか、仔獣は揃って口を開け、ピィピィ鳴いている。

和みの風景だ。そして、場の均衡を崩すには最高の場面に登場した綿帽子を乗せた仔獣たち。

騎士たちが吹き出すのは当たり前のことだった。

■　今日の連鎖　■

笑いの伝播は恐ろしい。一人が吹き出すと我慢出来ずに他の騎士たちの口からも笑いが漏れる。だが団長の前に並んでいる騎士たちには笑い事ではない。体を動かせば……。

その恐怖に緊縛されたまま。佐保様の掌の上から身を乗り出して爪削ぎ見物する仔獣に団長は手を止めずに顔を向け……。

「あ、あれっ！　帽子、被ってるっ」

「に、似合ってるよなっ、あれ」

まるで二匹のために誂えましたと言わんばかりにぴったりの綿帽子に、耐え切れなくなった後列の騎士たちから笑いが漏れる。

最初はクスクスという忍び笑いだったのが、一人が笑い出すと別の一人も止まらなくなり、結果、声に出して笑わずにはいられない事態にまでなってしまった。

アハハ、ワハハと、一応気遣いながらも聴こえる声。

体を折り曲げて、腹を抱えて無声で笑う者もいる。

しかし、団長の前に並ぶ騎士たちには危機感を伴う笑いである。そのため極力仔獣の方を見ないようにしているのだが、佐保様の手の上に収まった二匹は、団長がしていることに興味津々で、手のひらから首を伸ばして覗き込んでいるのだ。

「たぶん、団長様が使ってる小剣がキラキラ輝いているから、それが楽しいんだと思います」

確かに天気はいいいし、陽光はさらさらと降り注いでいる。光るものが好きな仔獣には、楽しい光景だろう。

「楽しく見物するのは構いませんが、手元には近づけないようお願いします。傷つけてしまっては大変ですからね」

いや、仔獣と団長には結構距離がある。佐保様もその辺はわかっているので、少し離して見せている状態だ。むしろ、仔獣が危ないと言うのなら、まさに小剣が当たっている爪や指先の方が危ないのではないだろうか？　仔獣を傷つける振り幅があれば、指先の一つなど……これから先は怖くて言えない……。

「でも本当にお上手ですよね」

「剣と共に生まれ、剣と共に生きる。それが私の生き方ですからね、手足のように動かせなくては話になりません。料理長も同じことを言うと思いますよ」

包丁を持って四十年、本宮の厨房を一手に引き受ける料理長は、確かに自分の職に誇りを持っている。

団長にしろ料理長にしろ、やはり上に立つものは高い職業意識を持っているものなのだろう。手本にしなければ。

「こつは爪を爪と思わないことです。爪ではなく、木の枝、もしくは人参や牛蒡。意識しすぎると却って緊張しますからね。気楽にさっさとやるのがいいんですよ」

あ、騎士がへこんだ。

■　今日の氷像　■

横を見ながら小剣を操るのはわざとやっているとしか思えない。無口無表情で固まっている騎士の精神状況が心配だ。次、の言葉で入れ替わると同時に膝から崩れ落ちたのは責められまい。楽しそうなのは団長と仔獣だけ。

佐保様、感心するのはいいですが、決して真似をしないで下さい。

最初の頃の緊張が嘘のように団長は朗らかに会話を続ける。仔獣の登場が緊張感を破ったのは大きいが、それ以上に多少なりとも騎士をからかう気持ちがあるからだろう。

時々仔獣の頭を撫でたり話しかけたりしつつ、小剣を動かす。動いたら流血事件間違いない。逆に言えば、動きさえしなげれば手元が狂うことはないのだから、騎士の精神状態一つに成否が掛かっていると言い換えていい。

右手が終わり、そして左手が終わり、ようやく一人目の騎士が解放された。

「はい、終わり」

ぽいと手を離された騎士は、そのまま膝から崩れ落ち、地面に四つん這いになって項垂れてしまった。

精神的疲労が強い上に、じわじわと来る恐怖、気力をごっそり持って行かれたら、こんな恰好になるだろうというよい見本だ。

とにかく無事に済んでよかった、一人目は。

「次」

そう、騎士は一人ではない。まだまだ列には二十名以上並んでいる。佐保様の列は二十名には足りていないが、こちらはまるで進んでいない。

「爪切りと小刀や小剣と、どっちの方が爪を切り易いですか？」

「殿下が扱うことを前提にするなら、普通の爪切りが一番です。刃物の取り扱いに慣れていても、堅いものを切るにはそれなりの熟練が必要ですからね。殿下も小刀よりは鋏の方が使い慣れているでしょう？」

「はい。裁縫でも使うし、爪切りじゃないけど、似たような形の道具は使ったことがあります」

その爪きりに似た道具は、佐保様が故郷で大道具や小道具を作る時に使っていた「ぺんち」という道具らしい。

「だったらそのまま使うのが一番です。五日か七日に一度は切らなければならないのですから、そのうち慣れますすよ。慣れるためには切るのみです」

「わかりました」

自分が何をするのか思い出した佐保様は、笑顔で言った。

「待たせてごめんなさい。爪を切るから手を出してください」

■　今日の神業　■

最後に仔獣の小さな爪を軽くやすりで研いで、団長の仕事は終わった。抜け殻になった騎士たちの中には、緊張から解放されて貧血気味でふらふらしている者もいる。

大丈夫なのか、騎士。

佐保様と一緒に見せて貰った爪は、確かに綺麗に整えられている。まさに甘皮一枚の神業だ。

列はどんどん進んでいく。

ちまちまと相変わらずゆっくり爪を切る佐保様だが、十人近くを切り終える頃には慣れて来たのか、大分、一人に費やす時間が短くなっていた。

「調子がよくなってきましたね、殿下」

「はい。団長様が仰ったように、こつが摑めて来た気がします。あんまり力を入れないで、軽く添えた方が上手く切れるみたいです。長い爪もいっぺんに切っちゃうより、少しずつの方がきれいに揃えられるんですね」

「陛下がそこまで長く伸ばしていることはありませんから、小さく細かいところまで切れるようになれれば大丈夫ですよ」

「そうですね」

佐保様の目的はあくまでも陛下の爪を切ることだ。幸い、団長の言う不潔な騎士に分類されるほど爪を伸ばしている騎士はおらず、予想の範囲内なので私も安心した。

何も申し送りはしていなかったのだが、自発的に石鹼で手を丁寧に洗ってから列に並ぶよう、自然に取決められていたと、昨日の騎士が教えてくれた。

さすが騎士団。伸びてないのに爪を切って貰おうとするお茶目な騎士はいても、汚い手で佐保様に触れる不届き者がいないことに安心した。

佐保様の手元を眺めていると、

「おおーっ」

という野太い歓声が列から上がった。

何事かと顔を上げると、団長の前に並んでいたはずの騎士の姿が一人もない。佐保様が今取り掛かっている騎士の爪を切り始める前には残り三人ほどいたはずだから、あっという間に片付けてしまったことになる。

その騎士たちはと言うと――。

白い露台のあちこちに転がる黒い敷物、あれは寝転がる騎士ではないだろうか。寝転がる、いや違う。気力が尽き果てて、倒れてしまった騎士のなれの果てだ。

倒れるまでではなくても、手すりにもたれて虚空を見上げ、荒い息を吐いているものもいる。目は虚ろだ。

精神的な圧迫感は、きっと私たちには想像が出来ないほど強く厳しいものだったのだろう。自業自得とも言う。

■　今日の撤収　■

黒い上着の裾を軽やかに捌きながら足を高く組み換え、偉そ……もとい優雅に椅子に腰かけ、次はそちらに取り掛かりましょうかと微笑む団長。手には煌めく小剣。

素早い動きで蜘蛛の子を散らすように立ち去る騎士たち。

団長の圧倒的な勝利だ。倒れている騎士も回収してくれるとありがたい。

「早いですね、団長様。僕なんてまだまだなのに」

「元々が短い爪で切るまでもないものばかりでしたから、簡単です。一応、すべての爪を削いだのでしばらくは殿下のお手を煩わせることはないでしょう」

「ご苦労様でした」

佐保様はぺこりと頭を下げ、団長を労った。

団長の膝の上には仔獣たちがいて、一匹ずつ順番に前脚の爪を団長に研いで貰っている。小剣ではなく、やすりを使って。

最後の騎士は動く気力もなかったのか、すぐ足元に座り込んでいたので、団長の成果を見せて貰った。

「本当にぎりぎりで揃えられてる。これを剣でやったなんて信じられません」

隣で見ていてさえそう思うのだ。滑らかな曲線、変に尖った部分や削ぎ残しはなく、肌の上で爪を立てられてもきっと痛くないだろう。

実に見事な爪切りだ。

「僕もあと少しだから頑張ろう」

それに比べれば、まだまだ歪な佐保様の爪切りだが、騎士たちは気に入っているのでたぶん問題はない。やすりを掛けるのは、手数だが自分たちでやって貰おう。

「殿下の方はあと……十人ほどいますね」

「はい。遅いんです、僕」

「練習ですから、ゆっくりどうぞ。でも、この人数では大変でしょうからお手伝いいたします」

ギクリッという音が実際に聞こえた気がした。

それまでは、屍状態の同僚を横目で見ながら、気楽に並んでいた騎士たちの間から発せられた音である。

硬直し、ギギギとそれこそ音でも立てそうなほどぎこちなく首を動かし、団長の方を向いた彼らの期待に応えるべく、団長は優雅に宣言した。

「誰が最初に私の相手をしてくれますか？」

そこまでが騎士の限界だった。慌てて露台から逃げ出す騎士たち。同僚に蹴躓いて転び、這う這うの体で逃げ出すものもいる。団長は両手を広げ、肩を竦めた。

「まあ、こんなものでしょう」

■　今日の躾　■

　あれだけ希望者が並んでいた爪切りの列なのに、佐保様の前に立っているのは副団長ただ一人。逃げられなかったのではない。団長がしっかりと副団長の腕に鞭を巻きつけ、押さえ込んでいるからだ。あの鞭がいつ副団長を捕えたのか、深く追及するのは止そう。心なしか仔獣が怯えている。

「——師範、これは一体何の真似ですかね？」

「それはお前が一番よくわかっているのではないですか？」

　鞭の先と先で繋がる二人の間に青白い火花が散った。

　副団長の右腕に二重に巻き付いた鞭は、ぐいぐいと食い込み締め上げている。

　背後から襲いかかった鞭に、なすすべもなく囚われてしまった哀れな副団長は、助けに来ない部下たちに恨みを投げ掛けるが、私だって嫌だ。後から嫌味を言われようが、きつい特訓が待っていようが、鞭の射程内には入りたくない。

　……今は実際に入っているが、尊い生贄として副団長がいるので大丈夫だ。

「団長様、鞭もお持ちだったんですね」

「騎士の常備品です」

「嘘付け！」

素知らぬ顔で佐保様に答える団長に、すかさず副団長が反論する。

「普通の騎士は鞭なんか常備してないからな、信じるなよ！　騎士の常備品は剣だけ。他は趣味だ、趣味」

「おやマーキー、それは私の趣味が鞭を振るうことだと言っているのですか？」

「違うとは言わないだろ……っ、痛てッ！　引っ張るなって！　師範の馬鹿力で締められると腕が千切れる！」

本気で痛がっている副団長に、団長はあっさりと引く手を緩めた。鞭はまだ腕に巻き付いたままだ。

「お前の口が悪いのがいけないんですよ。前々から言っているでしょう？　口は災いの元だと。軽口は慎みなさい」

「軽口じゃなくて事実……嘘です！　ごめんなさい」

何と言ったらよいのやら……。

佐保様を見れば、目を丸くして二人のやり取りを眺めている。

「なんだか」

ぽろりと零れた言葉に、団長と副団長は「ん？」と揃って佐保様を見つめた。

「なんだか仲がいい兄弟みたいですね。副団長様が子供みたいで、少し可愛いです」

その発言を聞いた時の副団長の顔と言ったら！

眉が情けなくへたりと下がり、精悍なはずの顔はくしゃりと弛緩し、手のひらで顔を覆って力なく首を振る。

「自分で言うのもあれだが、お前、目がおかしいぞ」

■　今日の足　■

お気の毒に……。

副団長は今、足の爪を削がれている最中だ。他の騎士なら手の爪の時点で意識を持っていかれているのに、さすが副団長。足を捉えられていても気絶していない。顔色は相当悪いが。鞭を振り切って逃げようとして逃げ切れず、団長に脛の上に座られている状態。これは辛い。

殿下のことをついうっかり「お前」と言ってしまった副団長は、ただ今お仕置きの最中だ。

お仕置きと言っても、元々爪を切る予定だったのでやっていることは変わらない。変わるのは、他の騎士が手の爪だけだったのに対し、副団長には足の爪を切られるというおまけがついて来たことだ。

抗っても無駄とわかっているからか、手の爪までは大人しく団長に切られた副団長も、

「それでは次は足です」

と言われた時には目が点になり、すぐに跳ね起きた。

「早いっ！」

流石は副団長。蒼褪めてはいたが、気力を失ってはいなかった。一瞬のうちに立ち上がると、少しでも団長から離れようと、低く地を蹴るようにして駆け出した。黒い制服の長い上衣がさっと流れ、白い露台の上を矢のように走り抜けて行く。未だかつて副団長がこれほどまで真剣に走ったところは見たことがない。

まだ露台に残っていた騎士たちも、倒れたり座り込んだりしていた騎士たちも、必死の形相の副団長に驚いていている。

それくらい必死だったのだ。しかし、

「甘い」

やはり団長は団長だった。

遅れを取ったのはこれも一瞬、その半瞬後には同じように大理石を蹴って駆け出したのだ。

追う者と追われる者。強者と弱者。そして、勝者と敗者。

黒い閃光が先を行く副団長に追いついたと思ったら、その時には既に勝敗は決していた。

トスンッ……という軽い音が、最初は何の音か誰もわからなかった。それが副団長が地面に転がされた音だと理解出来たのは、視界がそれを認めてから。

仰向けに寝転ぶ副団長と、腹の上に膝を乗せ、両腕を押さえて見下ろす団長。

「甘いですよ、マーキー。本気で逃げるつもりなら、私に不意打ちをかまして隙を作ってからになさい」

「不意打ちを突くほどの隙があんたにあればな。……けっ、好きにしろ。もう俺は諦めた」
そうして今に至る――。

■　今日の疑念　■

石の上に座って蒼白な副団長とその上の楽しそうな団長。

椅子に座ったたまま佐保様は、

「そうか、足の爪も…」

と何やら呟いている。まさか団長に倣って今度は足の爪まで切ろうと思っているのではないだろうか？　暑苦しい男たちの薄汚い足に触れるなど言語道断！

風呂上がりでも許しません。


鍛えられた長身の男の脛の上に座る黒服の騎士。

背後から見れば艶やかな栗色の長髪はほっそりとして女性のように見えないこともない。だが、男。

間違いなく男。

「私だってお前の足なんか触りたくもないですよ」

「じゃあ、触らなけりゃいいだろ。誰も頼んでなんかない。あんたが勝手にやってるだけだ」

「言いましたよね、私は。不衛生な騎士は不要だと。手の爪はまあ許容範囲でしたが、足の爪の手入れがなってません。だからお前の靴下はすぐに穴が開くし、靴だって壊れるんですよ」

「靴下に穴……」

「副団長様の靴下の穴……」

思わず佐保様と顔を見合わせてしまった。

慌てたのは副団長である。

「ちょっと待て！　誰がそんなことをあんたに話したんだ⁉」

「誰でもいいでしょう。もしかするとお前が寝所を共にした某家のご令嬢かもしれませんし、楼閣（ろうかく）の若者かもしれません。もしかするとどこそこの小姓かも。おや、どうしました？　顔色が悪いですよ、マーキー」

「……あんた、何をどこまで知ってるんだよ」

「特には。ただ耳を広くしていれば、情報はどこからか入って来るものです。悪さしてもすぐにばれますよ」

「べ、別に悪いことはしていないから問題ない」

「それなら私が何を知っていても気にすることはありませんよね。ほら、またよからぬ噂を立てられないためにも足の爪を大人しく切らせなさい」

副団長、無言のまま敗退。

剣技でも口でも体術でも、副団長が団長に敵うところはなさそうだ。色事は副団長に軍配が上がりそうだが、団長には浮いた噂の一つもないため、比較のしようがない。

「やれやれやっと大人しくなりましたか」

諦めの境地に達した副団長は、青い空を見上げ呟いた。

「理不尽だ……。もっと強くなりたい……」

「心意気は買いましょう。ほら、足から力を抜きなさい」

たぶんだが、団長に勝てる人はいないと思う。

■　今日の諦め　■

乾いた笑いを浮かべる副団長は、自分の腹の上に上って来た（落ちて来た？）仔獣を指であやしながら何とか足の爪から意識を逸らそうとしている。わからなくはない。

と、その時だ。指に絡まっていた仔獣が、ぴんと尾を跳ね上げた。そうして一目散に駆け下りて這って行く。何事？

「レグレシティス様の足の爪も切った方がいいと思う？」

「それは出来るなら一緒にした方がよいかとは思いますが、間違っても団長を真似して剣を使ってはいけませんよ。ちゃんと爪切りで切ってください。それから、足の爪に関しては練習はなしです」

「駄目かな、ミオさん」

「駄目に決まっています。団長の言い分ではありませんが、手と比較にならないくらい衛生面で不安が残りますから」

「じゃあレグレシティス様の足の爪はぶっつけ本番ってことになるけど、大丈夫かな」

「大きさと固さが違うだけで、基本は同じです」

例え下手でも、陛下は許して下さるはずだ。それに、手の爪はともかく、足の爪は陛下がご自分で切ることも可能なので、あまり気にする必要はないと思う。

先ほどまで佐保様の膝の上に寝そべっていた仔獣たちは、寝転がる副団長が物珍しいようで、今しがた膝の上から副団長の腹の上に転がり落ちたばかりだ。

「お、遊んでくれるのか?」

敢えて足の重みを忘れようとしている副団長にとって二匹は、気を逸らす相手になったらしく、指先でいじくり回して遊んでいる。

副団長と遊ぶのは二匹も慣れたものなので、指に絡み着いたり、甘噛みしたりして、大きな獣と小さな獣が戯れているように見えなくもない。

「お前たちは本当に可愛いなあ。俺と一緒に暮らそうか」

どこまでやさぐれてしまったのか、副団長。そこまでして癒されたいとは……。

とその時である。

腹の上でうねうねと遊んでいた仔獣たちの尾がぴんと立ち上がった。そして首を伸ばして、露台の向こうへじっと視線を凝らす。副団長は慌てて団長の背中を叩いた。

「師範！　師範！　おい、ちょっとこっち向け」

「何事です？」

「あの団長様、グラスとリンデンの様子が少し変なんです」

もしや何かあったのだろうかと不安に眉を寄せた佐保様だが、

「あ！」

腹の上から飛び降りた仔獣はまっしぐらに駆け出した。

■　今日のお客　■

庭に姿を見せたのは陛下。団長に抑え込まれている副団長に苦笑しながら陛下は、佐保様の前に膝をつき、手袋を外した手を差し出した。

爪切りの行列が凄いと聞いて自分も列に並ぶつもりで来たと笑う陛下のさわやかさと甘さに、佐保様の顔は真っ赤。

仔獣たちは周りで飛び跳ねている。

まず見えたのは鋼色の髪。風にふわりと流されて、さらりと揺れている。それから右半分を覆う仮面。

「陛下！」

途端に満面笑みになる佐保様。なんとわかり易い喜びの表現だろうか。

ゆっくりと階段を上って露台に姿を見せた陛下は、足元に纏わりつく仔獣をすくい上げ、周囲を見回して苦笑を浮かべた。

「楽しいことになっているようだな」

陛下の姿が見えた瞬間、衰弱していた騎士たちはしゃきんと背筋を伸ばして立ち上がり、直立不動の姿勢を取った。さすが騎士。自分たちが守るべき主を前にした時には、疲れや苦労はすべて吹き飛んでしまうようだ。……出来れば佐保様の前でもキリリとした姿を見せていて欲しいが、今回は団長という破格な方が相手だったので、仕方ないと言えば仕方ない。

露台に上がる前から転がる騎士たちを見ていた陛下には、騎士たちの慌てぶりは面白いものとして目に映ったに違いない。

しかしそれよりも面白いものがあれば、自然に視線はそちらに向くというものだ。

「マーキー、楽しそうだな」

「これが楽しそうに見えるなら代わってやるぞ」

「遠慮しておこう。師範の楽しみを取り上げたくない。それに」

陛下はにこにこと笑っている佐保様を優しく見つめた。

「私にはちゃんと専属がいるからな。佐保」

「はい、レグレシティス様」

「ここに来て並べばお前に爪を切って貰えると聞いた。それなら私も並ぼうと思って来たのだが、まだ間に合うか？」

そう言って笑いながら陛下は、膝をついて手袋を外した手を差し出した。

「──大丈夫。レグレシティス様は特別枠だから」

真っ赤に染まった佐保様の顔。

甘い、甘過ぎる。このお二人はどうしてこうも自然に甘い雰囲気をいとも簡単に作り上げてしまうのか。

こら！　グラス、リンデン、邪魔をしてはいけません。

■　今日の爪切り　■

パチン、少し間を開けてまたパチン。

少しずつ整えられていく陛下の爪。椅子に座る佐保様の足元に座った陛下の手は、佐保様の膝の上。

俯いて一生懸命に爪を切る佐保様を見つめる陛下の眼差しはとても温かい。

私はそっと仔獣を抱き上げた。団長と目配せし、そっとこの場を退散だ。

「――今日はたくさんの爪を切ったんです。だから少しは上達したと思うんだけど、もしも切り過ぎて痛かったらすぐに言ってくださいね」

ちゃんと薬の入った箱も準備してるんですよと笑う佐保様は、丁寧に、それはもう丁寧に爪を切っている。

大柄な陛下は椅子の下に直に座ると、ちょうどいい位置に佐保様の膝がある。そこに腕を乗せ、手を取られている陛下の目は、佐保様の横顔にずっと注がれている。

視線に気づかないはずはない佐保様は、時折チラリチラリと陛下を見ては恥ずかしそうにはにかんでいる。

お二人揃って初々しいことこの上ない。

「ゆっくり切るから少し時間掛かるけど、大丈夫ですか？」

「問題ない。宰相には列に並ぶから遅くなると伝えている。ゆっくりしてくるようにと送り出されたから、気にしなくていいぞ」

「よかった」

佐保様はふふと嬉しそうに笑った。

「宰相様にお許しをいただいたのなら、少し長くここにいても平気ですよね」

「遅くなれば呼び戻しに来るだろう。それまではお前の好きなようにすればいい」

「じゃあ、ずるしちゃいますね」

「ずるをするとは？」

佐保様はパチンと爪を切った。

「レグレシティス様と長くここに一緒にいたいから、ゆっくりゆっくり爪を切ろうと思って」

そう言って、またパチンと爪が弾ける。

「そうか。一緒にいたいか」

「お天気もいいし、昼間にレグレシティス様と一緒に過ごすことはあんまりないから、たまにはいいと思いませんか？」

「大歓迎だ」

微笑み合う陛下と佐保様は、すでに自分たちだけの世界に入り込んでいる。視界の端で、団長が副団長を引っ張り起こすのが目に入った。お二人に何か言いたげな副団長の口を手で塞ぎ、私に合図を送る。他の騎士はもう退散済みだ。素早い。

了解です、団長。

二匹を抱え上げ、静かに静かにその場を後にした。

■　今日の余談　■

陛下に従っていた騎士たちは爪切りの行列は知っていても、団長が何をしていたのかは知らなかったらしい。副団長や他の騎士たちが何をされたかを後から聞いて顔を青くしていた。

団長が切った爪は本当にきれいだったが、毎回あの恐怖を味わいたいと望むのは一部除いて極僅（ごくわず）かだろう。


露台からは人払いしたが、護衛の騎士は周囲に配置され、警備体制に穴はない。

爪切りの列に並んでいた騎士たちの幾人かは遅番のため、そのまま本宮警備につくことになり、疲れた顔をして立っている姿がちらほら見える。

団長と副団長は、玄関の前で立ち話をしている。

あ、団長が副団長の頭を平手で叩いた！

きっとまた何か余計なことを言ったのだろう。懲（こ）りない方だ、副団長は。

「ミオ」

声を掛けられ振り向けば、王城から陛下を護衛して来た騎士が二名立っていた。

「遅番の連中、なんだか異様に疲れているみたいなんだが、どうかしたのか？　そんなに列が長かったのか？」

「あ、いえ。列はそこまで長いというほどのものではなかったんですが――」

王城にいた彼らは、爪切りに参加していない騎士から行列が凄いことになっていると聞いてはいたそうなのだ。偶然耳にした陛下も、そんなに盛況なら自分も並ぼうと言い出して、本宮まで戻って来たという。

つまり彼らの情報は、列が長く伸びているところまでで止まっているわけだ。まだ団長が来る前の列は確かに露台の先まで続いていたから、あながち間違いではない。

「実は途中で団長が爪切りに参加して。たぶん、疲れた顔をしているのは団長に爪を切っていただいた方だと思います」

「団長に爪を切って貰ったのか？」

「団長、そこまで親切かあ？」

「俺も行けばよかった！」

「あの、どうやって切ったかも教えておきましょうか？　二度目がないとは限らないので」

そこで私は自分が体験した恐怖を余すところなく伝えた。誇張はせずに、ただ事実だけを淡々と。

爪の短い騎士だけを選んで、小剣を使っての爪切り。

うん、間違いではない。

「……団長だな」

「ああ、団長らしいな……」

「団長がしそうなことだな。ちょっと羨ましい……」

■　今日の仕置き　■

団長に解放されてほっとしている副団長によると、陛下の爪は常に気を配るべき最重要事項らしい。夫婦二人の関係が爪一つで変わるのだから注意しておくに越したことはないと。

にやにやした表情に悟る。ああ、またこの方は……。

団長の鞭がしなったのは見なかったことにしよう。


本宮の部屋に戻り、仔獣たちの身繕い(みづくろい)をしたり、片づけを済ませたりと過ごしている内に、団長と副団長と一緒に佐保様が戻って来た。

「陛下はまた城に？」

「はい。まだもう少し今日は書類仕事が残っているそうなんです。だから木乃さんも宰相様のところから戻るのは遅くなるだろうって、レグレシティス様が仰ってました」

「そうですか。楽しい時間を過ごせましたか？」

「はい」

野暮な質問かなと思ったが、こういうものは口に出して確認した方が周りも幸せになれるというものだ。案の定、幸せそうにほわりとした笑みを浮かべた佐保様に、きっと陛下も夜遅くまで仕事をする活力を貰ったに違いないと思う。

「それはよかったですね」

「足の爪まで切るのは時間掛かり過ぎるから、帰って来てから切らせていただくお約束もしたんです」

足の爪、と聞いて副団長が身じろぎをする。

「しっかり足を洗って下さいねってお願いしました」

それは……笑ってもいいところなのだろうか。まあ、本人にとっては割と切実な問題かもしれないので、ここは触れずにおくのがいいだろう。

「なあ、それでレギの爪はうまく切れたのか？」

「はい。上手に切れたと思います。ちょっと形はまだ揃ってなかったかもだけど、やすりで整えて丸くして、どこにも引っ掛からないのは確認しました」

「短く切ったか？」

「大体」

「それならいい」

副団長は満足そうだ。

「上手に切れてなくてもいいんですか？」

「ああ。短く切ってりゃあいいんだよ。レギの爪の管理は殿下の大事な仕事だからな。これからもしっかりやれよ」

「僕の大事な仕事、ですか？」

「ああ。レギの爪だがあいつ一人の爪じゃない。殿下にも密接な関係がある。これの管理が出来ているかどうかは、夫婦生活にも影響を与える。うまく行かなければ仲が冷え切ってしまうなんてこともある得るくらい重大な任務だ」

「重大な任務……」

　佐保様は真面目な顔をしているが、私は気づいてしまった。

　陛下の爪。つまりは指なのだが、夫婦の関係で大切なことと言えば心の結びつき以外に体の結びつきも大切だ。むしろ体の相性が一番大事だと言い切る人々もいるくらいだ。

　そして、そこに――閨事(ねやごと)に爪の状態は非常に大切な要素となるのだ。

　長い爪は柔らかな肌や体の内部を傷つける恐れがある。愛撫(あいぶ)を施すのに長い爪は不要。いかに優しく触れることが出来るか、いかに心地よい夜を過ごせるかは、爪の長さに掛かって来ると言っても過言ではない。

「殿下だって痛い思いはしたくないだろう？」

「ええとそれってもしかして……」

　漸(よう)くの事で佐保様も、副団長が示唆するものが何なのか思い当たったらしい。首元まで真っ赤になってしまった。

「それは確かに大事なので……気を付けます」

「おう」

上機嫌でふんぞり返った副団長は気づいていない。団長の鞭が宙にしなったのを。

「あ」

「ぐわ……っ！」

「では私はこれで失礼します」

優雅に一礼し、言葉を挟む隙を与えず退出した団長。

「ねえミオさん、団長様が今引き摺って行ったのは……」

「大丈夫です、佐保様。きっとあれは騎士団の日常に違いありません」

鞭でぐるぐる巻きにされた副団長を、それよりも身長体格で劣る団長がずるずると引き摺って行ったのは。

どこからか「痛ェ！」という声が聞こえるが、気にしてはいけない。例え段差をそのまま引き摺り落とされる副団長の悲鳴に似ていても、聞かなかったことにしなければならない。

気を取り直し、佐保様は道具箱を取り出した。

「この爪切りなんだけど、もう少し持ち手が小さいのは売ってますか？　僕には少し大き過ぎるみたい」

「小さめの爪切りなら売っているはずですよ。子供の爪を切る小さなものも、初めて爪切りを使う子供向けの練習用のも、いろいろあったはずです」

「売っているのは金物屋？　それとも雑貨屋？　ナバル村では薬師のおうちで売ってたから、施療院かな？」

「種類が欲しいのなら金物屋が一番ですけど、御入用なら幾つか用意してお持ちしますよ」

「お願いできますか？」

「お任せください」

後日、立派な爪切りとやすりが佐保様に届けられた。エレッセイラ・サホの名と神花の刻印が施されたそれは名工が心血注いで作った銘入りの逸品で、芸術的にも非常に価値のある品だ。

ただし、皇帝夫妻にとってはあくまでも使うための道具に過ぎず、庭先でパチンパチンと小さな音が響くたび、周囲一同顔を見合わせ、微笑みを交わすのだった。

■　足比べ　■

爪切り騒動も一段落し、上等な道具を揃えて貰った佐保は、念願の「レグレシティス様の爪を上手に切ること」という課題もやり遂げることが出来た。

椅子に座る皇帝レグレシティスの足元の絨毯（じゅうたん）にぺたりと座り込んだ佐保は、足置きに乗せられた足を見て、うーんと首を傾（かし）げた。

「陛下の足って、改めて見ると大きいですね」

「上背がある分大きいだろうな。お前の足は小さいな」

レグレシティスが見下ろす佐保の足は、確かに比較すれば横も縦も小さい。

「どれ」

手を伸ばしたレグレシティスは佐保の足首を摑んで引き寄せると、自分の足の裏と合わせた。大きな皇帝の足の裏に小さな佐保の足が重なると、大きさの違いは一目瞭然だ。

「大きいっていいなあ」

佐保はレグレシティスの足裏をぎゅっと押してみた。するとすぐに押し返されて膝が曲がってしまう。

「む」

それならばと、もう片方の足の裏も皇帝の足の裏にくっつけ、両方の足を踏ん張って押してみる。

「それで全力か？」

「まだまだ！」

座ったまま、両腕を後ろに伸ばして突っ張って、思い切り力を込めて押すのだが、皇帝の足はびくともしない。

「それではこちらから行くぞ」

「あ、待って待ってレグレシティス様！」

しかしながら無情にもレグレシティスの足は、少し力を入れただけで簡単に佐保の足を押し返してしまう。

ぎゅうっと膝を曲げる形になった佐保は、それでもしばらくはその姿勢のまま頑張ったのだが、やがて背中をパタンと後ろに倒して毛足の長い絨毯の上に寝転がってしまった。

「降参です。もう疲れた……」

「上から押す方が有利だからな。今度はお前が椅子に座って押してみるか？」

少し考え、「もういいです」と佐保は頭を振った。絨毯の上に広がった黒髪が揺れる。

「上から押してもたぶん無理。僕の足二本とレグレシティス様の足一本なら互角かもしれないけど、もう疲れたから無理」

椅子から下りた皇帝は、寝転がる佐保の真上から顔を覗き込んだ。

「疲れたか？」

「うん」

「もう動くのは嫌か？」

「――レグレシティス様が意地悪しないんだったらいい」

「意地悪はしない。優しくするだけだ」

声と一緒に下りて来る顔に、佐保はそっと目を閉じた。

頬に添えられた手の甲に自分の手のひらを重ね、男らしい節のある指の先に触れ、引っ掛かりもない仕上がり具合に微笑を浮かべた。

熱い唇が二度三度と啄むように触れては離れ、なんだかくすぐったくて身を捩(よじ)るも、すぐに口ごと覆われて熱い舌の侵入を許してしまえば、後はもう熱に身を任せるままだ。

レグレシティスの爪は佐保を傷一つつけることなく、佐保に至福の時間を与えてくれた。

今日の仔獣

■一■

　初めて佐保様がイオニス領へ視察に赴いた秋に預かった幻獣ラジャクーンの卵から双子が生まれて、季節が二つ過ぎた。初めは細い紐にしか見えなかった二匹も、現在は多少大きくなって毛糸ほどの太さに成長し、日々楽し気に暮らしていた。

　仔獣たちがどのくらい私たちの言っている内容を理解しているかは不明だが、少なくとも佐保様や陛下、それに私たち近くにいるものの声や足音はきちんと聴き分けているようだ。たとえば副団長が来た時には扉が開く前から羽をふよふよさせている。遊び友達の訪問を喜んでいるのだ。

「お、今日も元気だな、お前ら」

　客間に入った途端、足元で待ち構えていたグラスとリンデンに纏わりつかれ、副団長は苦笑いしながら片足を上げげた。そうでもしないと、小さな仔獣を踏みつけてしまいそうになるのだ。

「グラス、リンデン。副団長様が困ってるからちょっと離れようか。踏まれると痛いのは知ってるでしょ」

　佐保様が笑いながら言うと、二匹はピンと尾を立てて慌てて下がった。これでようやく副団長は部屋に入ることが出来た。

「悪いな、先に行くぜ」

歩き出した副団長の足は長く、一歩を追い駆けるのはまだ小さい二匹にはかなり大変だ。あっという間に卓に到着して椅子に座った副団長と反対に、仔獣はまだ絨毯の上を走っている。

恨めしそうに副団長を見上げる仔獣の表情がわかって来た自分が、なんだか嬉しい。

副団長と佐保様に新しい茶を出した頃、ようやく仔獣は佐保様の足元に到着し、膝の上に掬い上げて貰っていた。急いだせいか、少しぐったりしており、そんな仔獣を「がんばったね」と撫でる佐保様に癒される。

二匹の頭を指で撫でた後、副団長はふと思い出したように尋ねた。

「さっき、一度こいつらが踏まれたようなことがあるようなことを言ってなかったか？」

私と佐保様は顔を見合わせ、くすりと笑った。いや、この場合は笑ってはいけないのだろうが、思い出せば笑いたくなるのだから仕方がない。

「この間、僕に踏まれちゃったんですよ。ほんのちょっとだけですけど」

佐保様はまだ口元に笑みを浮かべながら、仔獣を卓の上にそっと置いた。

「この子たちが昼寝をしている間に外に干していた布団を寝室に運んでいたんです。ほら、布団って嵩張るでしょう？」

前も足元も見えにくい中、昼寝から起き出した二匹は庭に行こうとして露台に出て、中に入ろうとしていた佐保様とちょうどかち合ってしまった。いつも使う仔獣専用の扉ではなく、開けっ放しにされていた窓側を通ったのが二匹の運の尽きだった――。

「柔らかいなと思ったらこの子たちで……もう驚いて、すごく焦りました」

※※※※

踏まれた二匹の方こそ驚いたのだろう。すぐに気づいた佐保様は全体重を掛ける前に足を上げたのだが、それでもいきなり尻尾の先を踏まれた二匹には、相当痛かったのではないだろうかと思われたが、痛みより、びっくりしたことで受けた衝撃の方が大きかったらしい二匹は、一目散に食器棚の下に逃げ込んでしまった。

「ごめんごめん」と佐保様も慌てて布団を放り出して、床に顔を付けて下の隙間から覗き込むのだが、二匹は寄り添うように互いの尾を絡め、びくびくと震えるばかり。

ほらおいでと佐保様が手を入れるが、小さいながらに威嚇する姿に、危ないからお止めくださいと言ったのだが、怖がらせてしまった原因は自分だからと、引いてくださらない。普段の佐保様なら、絶対に自分が危ない目に遭うことは避けるのだが、この時はもしかすると佐保様ご自身も慌てていたのかもしれない。

小さくて可愛らしいがラジャクーンは牙に毒を持つ。仔獣はまだ毒牙を持っていないようだが、確かめたわけではないのでわからない。もしも毒を持っていれば……。

典医を呼んでおくべきか、それとも神花の薬を用意するべきか。

私もかなり焦っていたようだ。気づいたのは、

「ミオ殿も手伝ってくれないか」

木乃さんに声を掛けられてからである。午前中は宰相の手伝いをしていた木乃さんは、ちょうど帰って来たところで床に手足をついて這いつくばっている佐保様を発見し、驚いたらしい。みんな驚いてばかりだ。そして佐保様から事情を聴き、食器棚を抱えて動かすということになったのが、私が考え事に耽っている間のこと。

食器棚と言っても、そんなに大きく仰々しいものではなく、胸の下ほどの高さしかない。ただ、北の山で伐採された密度たっぷりの重厚な木材を使って作られているため、見た目の大きさから想像するよりも遥かに重さがある。加えて、収納されているのは食後に使う上等な杯や皿などで、下手な動かし方をすれば割れてしまう可能性もある。

木乃さんほど腕力はない私だが佐保様よりは力はある。かなり重かったし、私の側が持ち上がっていなかったのは、単純に身長差のせいであって決して非力だからではない、はずだ。

いきなり明るくなった二匹はまた逃げ出そうとしたが、すかさず佐保様が駆け寄って——失礼ながら珍しくも俊敏な動きだった——両手で掬い上げた。

「ごめんね、ごめんね。痛かったよね」

互いの尾を絡めてくっつき震えている二匹をご自分の頬に触れさせて、何度も謝っているうちによ

うやく二匹も落ち着きを取り戻した。

　その日、二匹はずっと佐保様から離れることはなかった。

※※※※

「ああ、その話は聞いたことがある。いや、踏みつけられた話じゃなくて、お前さんがずっとこいつらに掛かり切りだったって話な」

　副団長は笑いながら二匹を指でつついた。思い出し笑いの範囲を超えた、それはもう豪快な笑いっぷりだ。

「あのな」

　そこでまた笑うのだから、話が先に進まない。

　お茶を一杯飲んで、それから何とか笑いを抑えた副団長は、

「レギがな」

　と、ある意味予想された名前を口にした。

「その日、レギが早く帰って来ただろ？」

　そう言えば確かに。

「で、その次の日だな。せっかく早く帰れたんだから、ゆっくり仲良く出来たのかって聞いたんだ。

そうしたら、ゆっくりは出来たが仲良くは出来なかったって。幻獣に取られたって」

そこでまた笑う副団長。

ちらりと佐保様の方を見れば、ほんのりと頬を染めている。

「あれだな、その日は夜も一緒に寝たんだろう?」

「はい。あの、二匹がどうしても離れてくれなくって」

そう、あの夜は寝るまでずっと二匹は佐保様から離れなかった。痛みなどもうなくなっているだろうに、少しでも離そうとすれば、大きく口を開けて鳴いて抗議するのである。

「だってね、行かないで。一緒にいてってもう、目が訴えてるんです」

そうなのだ。佐保様が少しでも離れようとすれば、必死になって後を追う。そんな姿を見てしまえば、言うことを聞くしかないではないか。

「でもいいこともありましたよ」

佐保様はにっこりと笑った。

「いつもはあんまり長湯が好きじゃないんだけど、一緒になってお湯に浸かってきれいに洗われてくれたし」

「レギも一緒にだろ?」

「……はい」

頬を染める佐保様の何と初々(ういうい)しいこと。

侍従という立場上、湯殿までご一緒してお世話することもある私だが、お二人が入る時には遠慮するようにしている。お二人でそれぞれがお世話をし合っているのだから、私の出る幕などない。せいぜいが、不足がないかを事前に確認しておくことくらいだ。

湯殿から出て来たお二人は揃って仲睦まじくしていたように見えたのだが。

「こいつらにとってはそりゃあもういいことだっただろうな」

副団長も笑ったが、こちらは苦笑に近い。もしもグラスとリンデンが一緒でなければもっとゆったりと寛げる至福の時を送られていたかもしれない。だからと言って、お二人と二匹が一緒に楽しく湯殿を使っていたのは、間違いないのだが。

湯殿ではなく、夜、なのだろう。

「お前さんが罪悪感に駆られたのはわかるし、こいつらが甘え上手なのもわかる。でもな」

副団長は二匹の頭を軽く撫でながら言った。

「世界一甘え下手な男がいることを忘れずにいてくれると幼馴染としては有り難い」

確かに、それが何よりも一番大切なことだ。

■ 二 ■

見るからにそわそわと落ち着きなく、部屋の隅の方に行ったかと思えば佐保様の足元で、膝に乗せてちょうだいと鳴く時は宰相だ。少々苦手意識があるらしい。別に何をされたわけではないのに不思議だ。

「宰相様の前ではいい子にしてなきゃって思ってるんだと思うよ」

それに関しては仔獣に共感する。


そもそも、宰相が二匹に話し掛けたり撫でたりする姿は一度も見たことがない。本宮に来る頻度もそう多くない。となると、そこまで二匹が苦手にする何かがあったのではないかと考えたくなるのだが、それもまた接点の無さから思い当たらない。

「何かあったかな？」

膝の上に抱き抱えた仔獣の背中を撫でながら、佐保様も首を傾(かし)げている。

宰相と陛下は隣室で話をしている。壁で隔てられてはいるが扉はなく、書卓を挟んで向き合って座るお二人の姿が見える。つまりは、誰が聞いてもいい話しかしていないわけだが、そこは聞こえないふりをするのが有能な侍従というものだ。

話を終えた陛下と宰相のための茶と菓子を佐保様と一緒に用意する間、二匹は椅子の上にちょこんと行儀よく座って待っていた。

本音としては佐保様に巻き付いていたいのだろうが、茶菓子などを用意する時には「危ないから」と注意されているのを覚えていたらしい。

いつもならそれでも首を伸ばして催促するが、宰相がいる時には聞き分けがよい。

そして佐保様が準備を終えたのを見計らって、「構って」と訴える二匹を膝の上に乗せてあやしていたところ、

「佐保」

宰相を伴って隣室から出て来た陛下はまず佐保様を労い、それから宰相に座るよう促した。

「甘いものも大丈夫だとお聞きしたので、冷たいお菓子にしました」

砕いた氷の上に乗るのは、チェルという濃い紫色をした果実で、砂糖と柑橘類の果汁につけて甘酸っぱく煮込んだものだ。とろりと掛かっているのは練乳で、最近の佐保様のお気に入りでもある。

「ありがとうございます」

丁寧に礼を口にした宰相に、佐保様もほっとした表情を浮かべた。今日の来訪は急だったので、直接佐保様が厨房に足を運んで作って貰った甲斐があったというものだ。

ちなみに、本宮の厨房は優秀だ。いつどんな客が訪れても要望に応えられるよう、食材は豊富に蓄えられている。よほどの珍味や凝ったものでない限り応えられる、とは厨房一筋四十年の料理長が胸を張って自ら口にした言葉でもある。

佐保様が見ている前で宰相は匙ですくい、口に入れた。すぐに口元に微笑が浮かび、口に合うかどうか不安だった佐保様も私もほっとした。

きれいに食べ終えた宰相は、口元を拭くと佐保様に礼を述べ、言った。

「ところで殿下、私が甘いものを好んでいると誰に聞かれました？」

まあ、答えはわかりきっているようなものだが。

佐保様はにっこりと答えた。

「将軍様です。この間お会いした時に、好きな食べ物の話になって、その時に宰相様の好みも教えていただきました」

「なるほど。陛下は御存知だったのですか？」

「ああ。その場に私もいたからな」

ちなみに私もその場にいた。貰い物の菓子が大量にあるというので、本宮の使用人のためにわざわざ持って来てくれたのだ。普段はあまり気の利かない男にしては、なかなかよい判断だ。

さすがに佐保様や陛下の前に出すことはなかったが、トーダの店には及ばないまでも城下で人気のある店の菓子らしく、なかなかに美味だった。食べた私が証人だ。

「疲れた時には甘いものがいいって言います。もしも宰相様が甘いものが食べたくなったらいつでも言ってくださいね。用意してお待ちしています」

佐保様は無邪気に笑い、宰相も微笑で応えた。

「それはありがとうございます。その時には是非」

「はい」

実際に宰相が菓子を食べる目的で本宮に来るわけはないのだが、そこは方便というものだ。騎士団のお二人ほど頻繁ではないにしろ、王城の官吏の中では本宮に来る頻度の高い宰相なので、また近いうちに菓子を食べる日も来るだろう。

そして仔獣。二匹は食事の間は大人しく佐保様の膝の上にいたが、やはり大人しくしていられるのは短い間で、すぐに卓の上に乗せろと首を伸ばし訴えた。

膝の上は気持ちいいが、それだと陛下の顔を見ることが出来ないとわかっているのだ。

食器を片づけた卓の上にそっと乗せると、二匹は急いで陛下の側に行こうと駆け出し、それから宰相がいることを思い出したのか、はっと動きを止めた。そして静かに慌てずに陛下の前まで行くと、甘えるように首を伸ばした。

抱っこしてくれと言っているのである。最近は佐保様だけでなく、陛下にも抱っこをねだるということを覚えた二匹は、お二人の間を行ったり来たりと大忙しだ。

陛下は黙って二匹をすくい上げ、手のひらに乗せた。すかさず指に尾を絡め擦り寄る二匹。

陛下が指で撫でると、ますます甘えたように擦り寄る。

佐保様は小さく笑った。

「今日は本当に甘えん坊さんだね、グラスもリンデンも」

「あまり構ってやっていなかったからな。その分を補っているのだろう」

確かに陛下のお帰りは遅い時の方が多い。まだまだ幼獣の二匹は、昼間は割合に活動的でよく起きているが、やはり風呂に入り夜も遅くになると、うとうとするのも早くなる。その点は、人の子供と何ら変わらない。遊び倒して疲れて眠るのは、子供の特徴のようなものだ。

しかし果たして甘えているだけだろうかという疑問もある。私の気のせいかもしれないが、ちらちらりと横に顔を向け、宰相を気にする素振りを見せているのだ。

苦手なのはわかるとして、最大の保護者である陛下と一緒にいて何を怖がる必要があるのだろうか？

同じことを佐保様も思ったらしく、苦笑を浮かべながら宰相へ話し掛けた。

「この子たち、宰相様が来た時にはとっても大人しいんですよ。普段はもっとやんちゃなんですけど。お客様だってわかっているからなのかな」

それとも宰相様だからかな、という台詞はさすがに佐保様も飲み込んでいたが、宰相はちゃんとわかっていたようだ。

陛下に絡む二匹を見てくすりと笑ったのは、自分で理由を知っていたからなのだ。

「私に叱られると思っているのでしょう」

「叱られる？　宰相様はグラスとリンデンを叱ったことがあるんですか？」

思わず佐保様は私の顔を見つめた。しかし、そんな場面は私も見たことがない。本宮から出る時には佐保様がいつも一緒で、そもそも滅多に城の方へは行かないのだから、もしも何かあったとすればここ、本宮での出来事のはずなのだが。

二人して首を傾げて記憶を辿っていると、

「直接この二匹を叱ったわけではありませんよ」

と言う。

では誰を？

そしてまた首を傾げた佐保様に、笑いながら答えをくれたのは陛下だ。

「ああ、そう言えばそんなことがあったな」

「御存知なんですか？」

「ああ。お前が一層に出掛けている時だ。少し用があって本宮に戻って来た時にな」

言ってまた笑う陛下は、その時のことを思い出しているのだろう。

「何があったんですか？」

「副団長ですよ、妃殿下」

そして、宰相は表情を変えることなく、寧ろ水色の瞳を冷え冷えとさせたまま言う。

「副団長様？」

びくりと二匹の毛が逆立ったのは見間違いではないはずだ。私もこう、首の後ろの産毛のあたりがぞわぞわと……。

「水場で水遊びをしておりましたので、きつく叱りつけました」

「水遊び、ですか？」

佐保様はますます首を傾げている。

水場と聞いて思い出すのは、洗濯場と噴水だが、宰相の目に留まり、騎士たちに用事があるとすれば、噴水の方か。

しかし、なぜに噴水？　街中での補修作業などに当たることはあるが、清掃などは専門の者が行うのが普通だ。加えて、本宮での日常の清掃作業は私たち侍従や下働きが行い、庭に関しては庭師が担当する。ただ、定期的に大掛かりな手を入れることもあり、その時には人手を増やす措置が取られる。だが、最近で騎士の手を借りなければならないほどの作業日程は把握していない。噴水の手入れも同じだ。

二人して不思議そうな顔をしていたことに気付いた宰相は、もう少し丁寧な種明かしをしてくれた。

「庭の噴水が壊れていたので、簡単に応急措置を行っていたのですよ」

その日は陽気に包まれて、北部の王都には珍しく暖かだったと聞けば、その後の展開は簡単に想像出来てしまう。

「修繕のはずがいつの間にか水遊びになってしまっていてな。そこを宰相に見咎められて叱責を受けたわけだ」

陛下の説明に、佐保様はなるほどと頷いた。

水場の出が悪くなっていたという話は私も知っていたから、たまたま私がいなかった時に騎士たちが頼まれたのだろう。もしかすると、自分たちから言い出したのかもしれないが。もちろん、水遊びが目的で。うがちすぎだと言い切れないところが、副団長率いる騎士団だ。

陛下は行儀よく卓の上に座る――体は陛下の方に寄せている――二匹の小さな頭を指で撫でた。

「マーキーたちは水浸しの泥だらけの有様だったからな、そこをきつく叱られたわけなんだが――」

「そんなみっともない姿で陛下や妃殿下の前に出ることはまかりならないと言いましたね。礼儀作法について説教しました」

「その場に座らせて叱りつける姿はなかなかだったぞ」

それは見たかった。副団長たちが団長に叱られているのはよく見かけるが、宰相に叱られる騎士というのは新鮮だ。

「間の悪いことに、グラスとリンデンもその場にいてな。まあ、これはマーキーが連れ出したのではなく、たまたま散歩に出掛けていて帰ろうとして通りかかっただけなんだが」

「ああ、それで。自分たちが叱られたと思っちゃったんですね」

「行儀悪くしていれば叱られると思ったんだろうな。何より、お前の側にいけなくなるのが嫌なのだと思うぞ」

少し目を瞠った佐保様は、それはもう嬉しそうに微笑んだ。

■　三　■

前庭で遊んでいたリンデンが背伸びをして道の向こうを見ているのを発見。何をしているのだろうと佐保様と一緒にじっと観察していると…あ、あの赤い髪は！

ちょっと待て、どうしてリンデンはそっちに行こうとしているのだろうか。気付いたグラスも一緒に走り出している。

何故……!?

「――佐保様、二匹は将軍と親しいのですか？」

「特にそんなことはないと思うけど。第一、将軍様はあまりこちらには来られないし、来たとしても陛下に御用のある時か、警備の確認に来るくらいで、直接触れ合う機会はないと思う」

佐保様の言葉には私も同感だ。団長や副団長は部屋の中に入ることも、そのまま寛いで談笑に興じることもあるが、基本的に本宮警備のほとんどは騎士団が担当し、軍兵士は外周を見回る方に重きを置いている。

そのため、将軍も中に入って来ることはあまりないのだ。

だから、もしも二匹と触れ合う機会があるとすれば、仔獣たちが外で遊んでいる時くらいしか心当たりはない。

たとえば今日のように。将軍に駆け寄った二匹は、大柄な男の足元で期待に顔を輝かせ、構って欲しいと顔を見上げている。

仔獣たちは喜んでいるが、もしも将軍が二匹に気付かずに踏みつけてしまえばどうしようと、ハラハラしながら見守っていたが、無事に気づいて貰えて安心した。

一応は軍の最高責任者、総将軍の名を戴くだけあり、小さなものたちの気配にも敏感のようだ。もしも踏みつけていれば、二匹の代わりに私が将軍を踏みつけて踏みにじって蹴飛ばしてやるところだった。

背中の羽をふよふよと忙しなく動かして、ちょこまか這い寄って来た二匹の前で将軍は膝を曲げ、指先で頭を撫でている。

「なんだか楽しそうですね」

大柄で無骨な男と戯れる二匹の姿は、佐保様が言うようにあまりお目にかかれないもので、確かに楽しそうではあるが、無骨な将軍は不器用でもあるため、内心ではきっと触るにも恐々しているに違いない。

もちろん、仔獣にだけ挨拶するなどと無礼なことはせず、こちらに気づいた将軍は少し距離はあるが佐保様へも丁寧な礼の姿勢を取った。軍人ではあるが、陛下に任された領地を治める領主だけのことはあり、その辺りの作法に抜かりはない。……普段からいつもこういう姿勢であれば何も言うことはないのだが――。

領主になるにあたってのお家騒動は、周囲にとっては未だに語り継がれるものであると同時に、宰相の目が怖くて誰も口に出せない――否、出してはならない暗黙の了解をも持つ。

将軍に撫でて貰った二匹は、嬉しそうに佐保様のところまで駆け戻ると、キラキラした瞳で見上げた。

「ん？　なんのおねだりかな？」

しゃがんだ佐保様に掬い上げられたグラスとリンデンは、それはもう激しく尾を振って何かを主張している。

「なにがしたいんでしょうか？」

あいにく私には二匹が何をしたがっているのかの見当がつかない。

「将軍様と一緒に遊びたいんじゃないかな」

佐保様は困ったように将軍を見上げた。

陛下や副団長と同じような背丈のある将軍は、私から見ても見上げなくてはならない。当然佐保様も同じだ。

「でも駄目だよ。将軍様はお仕事で来ているんだから、お前たちと遊ぶ暇はないの」

佐保様の説明を首を傾げて聞いていた二匹は、しかしなおも懇願する。いや、言葉を発しているわけではないが、仕草でなんとなくわかるのだ。

「妃殿下」

どうしたものかと困っていると、見かねたのか将軍が声を発した。

「おそらく幻獣の仔は神花のところに行きたいのだと思います」

「神花？　え？　でもいつも行ってるのに？」

確かに、観賞するに値する見事な彩の花を咲かせる神花だが、二匹にとっては観賞よりも食用の意味の方が強い。そのため、中庭に咲いている神花をつまみ食いするのはいつものことで、わざわざ頼むほどのことではない。

しかし、将軍は頷く。

本当だろうかと思ったが、地面に下ろした二匹は自分たちの要望が通ったのがわかったのか、いそいそと歩き出した。その後を佐保様と私、それから将軍が続く。

隔壁の神花はもう蔓を残して終わってしまったが、本宮では至る所で咲く神花が姿を残している。

二匹は本宮正面玄関脇の柱の根元まで駆け寄ると、将軍を見上げた。

期待に満ちた宝石のように輝く金と緑の瞳。まるで早く早くと急かしているように見える中、将軍は二匹を手のひらに乗せると柱の上の方へ伸ばした。

「なるほど」

佐保様が大きく頷いた。

「高い所に登りたかったんだね」

器用に神花に巻き付いた二匹は、上の方に咲いている新しい花に満足そうだ。聞けば、以前定時連絡のために本宮を訪れた時、自力で柱に登ったはいいものの、降りることが出来なくなってしまった二匹を見掛けて助けたことがあったらしい。

その時以来、二匹にとって将軍サナルディアは高い所に連れて行ってくれる人という認識になってしまったようだ。

背が高いだけなら副団長や陛下も該当するが、まだ赤ん坊に近いグラスとリンデンにとって、最初に高い場所に連れて行ってくれた人が、しっかりと脳裏に刻み込まれることになったようだ。

かく言う私も、たまに将軍に高い場所での作業を手伝って貰ったことが何度もある。私自身は平均的な背丈だが、踏み台を持って来ずに仕事がはかどるのはやはり楽なのだ。

佐保様は二匹を見上げてニコニコしていたが、すぐにはっとして将軍に頭を下げた。

「仕事の邪魔をする時には厳しく叱ってください。聞き分けがなかったら僕や陛下に言ってくだされば、ちゃんとしますから。言い聞かせればわかる子たちなんです」

佐保様はとても恐縮しているが、羽のように軽い二匹と少し戯れる時間くらいは将軍にもあるはずだ。

将軍の深紅の長衣が二匹が見たこともない茶色の母親獣を連想させるから本能で懐いている——わけではないと思いたい。

それはともかく、グラスとリンデンは、私や佐保様の知らないところで着々と人脈を広げているようだ。

「殿下が気になさることはありません。たまの時に相手をするくらいは問題はありません」

そこで自分も仔獣と遊びたいからだと言わないあたり、副団長とは性格の違いがはっきりとしている。将軍の場合、本当に遊びでも息抜きでもなく、そこに「いる」から手助けをし、遊びに付き合うという感じなのだ。

一見、宰相と将軍は似ていないように見えるが、やはりご姉弟だけあり、根本的な性格はそっくりである。これは私だけの意見ではなく、お二人を知るもの皆の共通する意見であることを明記しておく。

神花に取りついた二匹はまだ下りる気はないらしく、緑の中に埋もれて神花を堪能している。私と佐保様は正面玄関が見える露台の先に出した椅子に座り、二匹が遊ぶのを眺めていた。

少し離れた場所では将軍は見回りの兵士十人ほどに回覧板を渡している。警備に関する伝達事項があるのだろう。

「ちょうど交代の時間だったみたいだね」

「そうですね」

じっと様子を眺めていた佐保様は、ふと思い出したように小さくクスッと笑った。

「いつも本宮に来る時にはお喋りしかしないいけど、副団長様もこうやって真面目に仕事をしているんでしょうね」

「ええまあ、おそらくは」

仕事に関しては卒なくこなしているとは思うが、果たして目前の皇国軍のように神妙な顔をした会話が繰り広げられているかどうかについては、怪しいとしか言えない。

そうこうしているうちに、十分堪能したのかグラスとリンデンが将軍を呼び、応えるように将軍が手を伸ばしたのが見えた。

■　四　■

意外と言ってはなんだが、グラスとリンデンはタニヤのことが大好きだ。無口なタニヤなので会話やお喋りのようなものは存在しないが、たまに「こっち」「これ引っ張って」など聞こえる。

仕事の邪魔になるのではと佐保様が二匹に注意をしたこともあるのだが、「楽しいからいい」と言われた。大らかな人だ。

「ごめんなさい、タニヤさん。リンデンもグラスも、邪魔になるようならお外に出してしまうからね。それに間違って針でチクンされてしまっても知らないよ」

無邪気にタニヤの側で端切れと戯れる二匹に掛ける言葉は脅しだが、心配がそのまま表情に表れる佐保様なので、二匹も一応は神妙に聞いてはいるらしい。らしい——というのは、遊びに夢中になるうちに、忠告をすっかり忘れてしまうからだ。

子供だから仕方ないとは言え、本当に自由気ままに過ごしている二匹である。

ただ、一応は彼らなりの決まりごとのようなものがあるらしく、本当に仕事の邪魔になることはしない。賢いのか何なのか、よくわからない生き物だ。これを本能というのだろうか。それが幻獣なのだと言われてしまえば、それまでなのだが。

現在タニヤが作成しているのは、革の防具である。佐保様のもの——と言いたいところだが、佐保様自身が固辞したために先に木乃さんの分から作ることになったのである。

木乃さんが槍術が得意だというのはこれまでにも多く説明して来たので知らない人はいないとは思う。槍や尖剣は既成のものを使えても、防具だけは体にあったものでないと身を守るために十分な効果を発揮しないと言われている。

今まで木乃さんは、佐保様の遠征に同行する時にも平服のまま護衛についていた。護衛というには語弊があるが、急襲に対応した時の服装はいつも平服だった。文官だから当たり前のことだが、平服の下に革の胸当てや腹当てなどの防具をつけていれば、いざという時にも安心だとの理由で、タニヤに依頼することになったのである。

「タニヤさんのお手伝い」

そう言いながら佐保様が喜々として採寸をした時の木乃さんの表情は見ものだった。

「ねえ、ミオさん見て見て」

佐保様に袖を引かれて見れば、タニヤの道具箱の中の一つの引き出しの中で二匹が上手に収まって眠っている。柔らかい端切れがちょうどいい寝具の代わりになったのだろう。二匹の寝床には最適だ。

ちらりと見たタニヤの長い前髪に半分隠れた瞳は優しく笑っていた。

■五■

仔獣たちは馬に乗るのが好きだ。乗馬の練習をする時には必ずついて行き、乗馬気分を味わっている。最初は風で飛ばされてしまうのではないかと心配していた佐保様も、今では自由にさせている。練習仲間の法務官長も、二匹の姿が見えなければ「どうしたのか」と尋ねるくらい馴染んだ光景だ。

「楽しそうですね」

佐保様の隣に馬を並べる銀髪の若い法務官長が、馬の頭の上にちょこんと座る二匹を見て微笑んだ。あまり表情を変えることのない方だが、些細な場面で見せるこういう表情が「いい」という方も多く、部下には慕われ、ご婦人方にも人気があるとか。

陛下を補佐する官長たちはそれぞれがとても個性的な方だと思う。皇妃筆頭侍従を拝命するまでは、私も官長方と直接に言葉を交わす機会は多くはなかった。騎士団の二人は別格として、本宮を訪れるのはもっぱら宰相で、次点で外政官長。他の方々は陛下主催の晩餐(ばんさん)や会食で顔を合わせるくらいだったからだ。

高等学術院開始以来の秀才だとか、子だくさんの家系だとか、いろいろと噂(うわさ)だけは聞いていたのでご本人を知るにつれ、なるほどと思わせられる面も多々ある。法務官長に限っては、堅苦しいと思われがちだが実は割と柔軟な思考の持ち主だということが、馬場でお会いするたびにわかるようになってきた。

並んで馬を歩かせる佐保様と法務官長の乗馬の姿勢も練習を開始したころに比べればかなりよくなり、安定して来た。

「変な癖がつく前に、悪いところがあったらその都度教えてください」

これはお二人からの共通した願いであり、私や木乃さん、護衛や見物人——未だに多いのだ——も忌憚なく述べるようにしている。

騎士たちは萎縮するかと思っていたのだが、

「騎士団長に叱られますから……」

と、口を揃えて言われてしまった。騎士団に入団して一年は必ず覚えさせられるのが馬術の基本所作で、傭兵など我流でやって来て入団した騎士たちはそれで苦労しているとか。

たまに我流を貫き通そうとする者もいるらしいのだが、大体において団長との手合わせの後に心根を入れ替えるのだと、副団長が面白おかしく語っていた。

副団長の話だけなら半分差し引いて聞くところだが、弥智や瑛杜も同じ感想だったため、事実ではあるようだ。この辺の詳細はいずれまたどこかで述べることもあるだろう。

乗馬に行く日の仔獣は、朝からどことなくそわそわしている。支度を終える頃には、自分たちで胴輪の紐を咥えひっぱりながら、「早く行こう」と催促することも覚えた。自分たちと似た様な大きさの紐を咥えて引き摺る姿は、実に微笑ましい。

広い草原が広がる馬場に来れば、もう二匹はなりふり構わず飛び出そうとするので、佐保様がしっかりと紐を握って抑えておかなければならないくらいだ。

活発で元気なのはよいことだが、大きくなっても同じことをされれば、私たちでは大きな羽蛇ラジャクーンの力に敵わずに、逆に引き摺られてしまうのではないかという恐れもある。

小さな子供たちを連れ歩く親たちの苦労が少しわかった気がする。

「気持ちいいね」

風を受け、目を細めてうっとりしている二匹は、佐保様の声掛けに羽だけ揺らして返事をした。

柔らかな毛がそよと揺れ、今の時間を満喫しているのがよくわかる。

馬の頭の上を定位置にするまでは佐保様の肩の上だったり、上着の内側から顔を出したりするだけだったのだが、普段つけている散歩紐とは別に、馬の頭に座っても落ちないような固定具をタニヤに作って貰ってからは多少揺れても平気になり、ころころと転がり落ちかける度に佐保様が慌てることもなくなった。

頭の上に幻獣を乗せた馬にとっても、馬体の上が騒がしいよりずっと楽に違いない。

「でもね、僕は馬の方が大物だと思うんです。だって幻獣でしょう？　見たこともないこの子たちを怖がらなかったのもそうだけど、嫌がらずに乗せてくれるなんてすごく心が広いなって」

「さすが陛下が吟味した馬ですね」

法務官長も頷いた。

穏やかな気性の馬なのは認めよう。名馬の働きはまだ見ないが、いずれサークィン皇国皇妃の愛馬として歴史に名を残すのは間違いない。選んだ陛下もだが、馬の産地の領主の将軍、元々産駒者の執政官長も鼻が高いだろう。

「今は僕が練習する時だけ乗るくらいですけど、そのうち飛べるようになったら自分で乗りに来るかもしれませんね」

「そんなことがあるでしょうか？」

「だって、本当に馬に乗るのが好きみたいだし、もしも自分たちだけで乗りに出掛けても僕は驚きません。馬だって僕を乗せるよりも、この子たちを乗せる方が楽に思うようになるかもしれないし」

半信半疑の法務官長の言葉に、佐保様は笑った。

今はまだ二匹にとって馬場はとても遠い場所だが、日を追うごとに広がって行く行動範囲を見ていると、本宮から出て奥宮内を飛び回り、隔壁をも超えて好きな時に好きな場所へ行く姿を簡単に想像することが出来る。

「ですが」

法務官長は少し考えるように首を傾げ、

「確かにこの幼獣たちは馬に乗ることを楽しんでいますが、妃殿下がご一緒だからだと思いますよ」

目を細めて二匹を見つめた。

その通りと言わんばかりに、二匹の羽と尾が揺れていた。

■　六　■

一見暢気(のんき)そうな二匹も、本能的に苦手に思っている方がいる。

先日のことだ。イオニス領で海軍の指揮を執る東海将軍ことマリア＝イオニス提督が、定期報告のために王都へやって来た。その後、領主や兄弟からの土産を持って本宮に来たのだが、二匹は隠れて出て来ようとしない。親獣はイオニス家の方々のことを平気だったのになぜだろう。

「人見知りなのでしょう」

海軍提督はまるで気にしていない様子で、軽く言ってくれたが、果たして「人見知り」するかどうかという点において、それは間違いだと思う。

本宮の中には多くの使用人がいる。それに護衛の騎士や兵士は当番制で初めて顔を合わせる者もいる。だが、本宮内を自由気ままに散歩して回る二匹が、彼らの誰かを恐れたり怖がったりしたという話は聞いたことがない。

確かに本宮の中にまで入ることが出来る人は限られるが、官長たちでも初顔合わせの時から避けていたことはないのだ。

外政官長にはよく摘みあげられるせいか、若干苦手意識を持ってはいるようだが、完全に隠れてしまうことはない。

「ほら、顔を出して御挨拶しよう？　ね？」

佐保様が手のひらに向かって声を掛けるが、二匹は尾を揺らすだけで服に潜ったまま出て来ない。

そう、二匹は今、佐保様の手のひらの上に乗せられていた。そして尾の先だけを残したまま、ふわりと広がった袖の中に体の大部分を潜り込ませて、もぞもぞとしているのだ。

見ている分には非常に微笑ましく、気分を和ませる仕草なのだが、イオニス提督に尻を向けたままというのが、佐保様には非常に申し訳ないらしい。

「ごめんなさい。すぐに引っ張り出して挨拶させます」

我が子の非礼を詫びる佐保様も、頬を赤くして一生懸命だ。

「無理に引き出すことはありませんよ、妃殿下。元気でいることはよくわかりますから」

「本当に……せっかく気に掛けていただいたのに。もうっ、後からお説教するからね」

ぴんと指先で尾を摘みながら佐保様が言うと、二匹は見て明らかなほどびくりと体を動かした。

「出ておいで、リンデンもグラスも」

尾の先を撫でながら重ねる佐保様に、二匹もとうとう観念したようで、おそるおそるという風にゆっくりと袖から顔を出した。

グラスの緑色、リンデンの金色の目がパチリと開いて、イオニス提督の秀麗な顔を見上げる。尾を佐保様の指に巻きつけているのは、まだまだ不安の方が大きいからなのだろう。機嫌のよい時にはふわふわ揺れている背中の羽も少し元気がない。

やっと顔を出した二匹を見たマリア＝イオニス提督の頰が緩む。ちょっと驚いた。双子の副領主や兄のイオニス商会長に比べ、あまり表情の変化がない提督が、ほんの少し表情を変えるだけで、こんなにも人間味がある顔になるとは。

……いや別に、提督が冷たいとかそんな風に思っているわけではない。

ただとても穏やかな母君のイオニス領主や、意外と情熱的なイオニス家当主、人当たりのよい副領主という兄弟君に比べれば、軍人の鑑といった方なのだ、提督は。

武勲も立て、武人としての腕も指導力も優秀で問題ない。

それなのに、どうして二匹はこうも激しく人見知りをするのか。

今も、

「頭撫でて貰うの好きだよね。提督はお優しいから大丈夫だよ」

佐保様が提督に向かって手を差し出すだけで、見事に固まってしまっている。尾の先は楊枝のようにピンと尖ってしまって、なんだか見ているこちらが痛々しく感じてしまうほど。

しかし――。

（これって護衛としてはよくないのでは……）

今はまだ蠟燭の火よりも小さな火の玉しか吐き出せない二匹だが、いずれ成長した暁には船を沈めることが出来るほどの炎の塊を吐き出す。佐保様や陛下にとって、とても頼もしく力強い護衛となってくれるはずだ。その二匹が、人間一人に対してこれほどまで苦手意識を持つとは……。

じっと二匹を見つめる私の視線に気づいたのか、佐保様も「やれやれ」という感じで肩を竦めながら苦笑した。

「じゃあ今度もしもイオニスに行くことがあったら、グラスもリンデンもお留守番しよっか。いやなら仕方ないもんね」

さてさて、この時の二匹の反応は見事だった。

今までの比ではないくらい固まってしまった後、あたふたと尾を振り、羽をバタバタさせ、口を開いてピィピィと音にならない声を上げて鳴く。いや、この場合は「泣く」の方が正解かもしれない。

「だって、イオニスには提督がいるんだよ。おうちに泊まらせて貰うんだから、ご挨拶出来ない子は連れて行けないよ」

二匹は佐保様の指に体を巻きつけ、離されまいと必死だ。今からすぐにでも置き去りにされると思ってしまったのだろう。

哀れな仔獣はその後もしょんぼりしていたが、最後にはどうにか提督に指で頭をひと撫でさせていた。

「よく頑張ったね、グラスもリンデンも」

提督が帰った後、明らかにほっとする二匹を佐保様が慰めていた。陸下にはお気の毒だが、今日の佐保様の手は二匹に占領されるのは確実だ。結局、苦手にする理由はわからないままだ。いずれ解明しようと佐保様と二人、密かに誓い合った。

■ 七 ■

グラスもリンデンも、総じて動物は好きなようだ。最初は怖がっていたツヴァイクにも興味津々だったので、次の冬にはもう少し慣れて一緒に遊ぶこともあるのではないだろうか。冬になるまでどのくらい大きくなるだろうか。

まだまだ佐保様に甘えたい盛りを堪能しているようにも思える。


現時点で二匹が苦手な「生き物」はマリア＝イオニス提督だけのようだ。本宮の敷地内には自由に飛来する鳥以外の獣の姿はあまり見かけないのだが、最近はそこに大型犬の姿も見られるようになった。

皇国軍で飼育されている軍用犬だ。軍用犬と言っても、戦に駆り出すために育成されているわけではない。主に探索や街中での警備で役に立って貰うためだ。

「大きいんですね」

初めて軍用犬を見た佐保様は、目を大きく見開いて驚いていた。

「軍用犬というくらいですから、他の犬よりも大きいんですよ。これでもまだ犬に似た幻獣たちよりも小さくはあるそうです」

有名なところでは漆黒の魔獣と呼ばれる幻獣フェンだろうか。二股の尾と翼を持つ巨大な犬の姿をしているが、稀少生物だけあり、見たことのある人の方が少ないはずだ。噂では、額にもう一つの瞳があるらしい。

「軍馬が大きいのは知っていたから、軍用犬も大きいとは思ってましたけど、予想を超えていました」

と言っても、ご婦人方が愛でている愛玩犬より少し大きな犬を想像していただけで、佐保様の故郷にもこれよりも少しだけ小さい犬はいたそうだ。小さいと言えば笑われたけれども。

佐保様の世界にも「しぇぱあど」や「どおべるまん」という軍に似た組織で活躍する犬がいたそうだ。また、薬物を嗅ぎ分けたりする専門の犬もいて、目的に合わせて様々な犬に役割が与えられていたらしい。

サークィン皇国でも狩猟用や牧羊などに犬は使われるが、犬種毎に役割が与えられているのが普通なので、多少様子は違うかもしれない。

現在目の前に足を揃えて座っているのは、口回りと胸元がふさふさとした白い毛で、それ以外の部分が黒いプーヌートと呼ばれる犬種だ。実はこのプーヌート、夏と冬で毛の色が逆転するという面白い特性を持っている。軍用犬に採用されるくらいだから、力も持久力も嗅覚聴覚も優秀なのだが、毛色の方で有名になり過ぎた犬でもある。

「へえ、捜索も追跡も何でもこなせるなんてすごい。大きいけど、こんなに可愛いのに優秀なんですね」

説明を受けた佐保様は、目を輝かせて犬たちを見つめている。

「いつどんな事態に遭遇するとも限りませんから、それはもう厳しい訓練をするんですよ。一人前になるまで早くても三年以上はかかるのが普通です」

「そんなに?」

「はい」

「へえ、すごく頑張ったんだね、お前たち」

佐保様は自分の真横に座る軍用犬の頭を撫でた。もちろん、撫でてもよいという許可を得てのことである。

「今後は兵士に加え、この軍用犬たち五匹ずつが組になって本宮に常住することになりました」

「よろしくね」

佐保様がにこりと笑い掛けると、微かに尾の先が揺れた。目が少々揺らいで見えるのは、はしゃいでよいものかどうか判断付きかねているからだろう。

ふむ、確かにしっかりと訓練された犬たちのようだ。神花や幻獣、魔獣に好かれる佐保様だから、もしかすると本当は飛び掛かってじゃれ付きたいのかもしれない。

勢ぞろいした十五匹の犬たちを眺めながらじっと見つめている私の思考を読んだのか、犬たちを連れて来た将軍が付け加えるように口を開いた。

「妃殿下には許可なく飛びつかないよう、きつく言い聞かせています。躾(しつけ)を施したのは騎士団長なので完璧です」

「へ？　団長様が？」

「はい。そのため万が一もあり得ません」

生真面目過ぎるほどの将軍の言葉を聞き、きょとんとした佐保様は、すぐに大きな声を立てて笑った。

「それならなんかよくわかります。さすが団長様ですね。でも。別に飛びついたって構わないのに。そりゃあツヴァイクに飛び掛かられた時には大変だったけど、犬くらいなら平気ですよ」

「しかし、鋭い牙を持っています。妃殿下の身に何かあれば」

関わった全員が何らかの責任を取る形になるだろう。たとえ佐保様が気にしなかったとしても、当人たちの気は済まないだろうし、陛下とてどんな判断を下すかわからない。

そう、一番に考えなくてはいけないのは陛下のお心だ。

当然佐保様が陛下のことを考えないことはなく、とても残念そうに溜息をついた。

「わかりました。僕も気を付けます」

将軍はほっとして肩から力を抜いた。いくら軍用犬の方で気を付けていても、佐保様自身が近づいてしまっては、注意した意味がないのだ。その点で言えば、控え目なほど自分の行動を自制している佐保様に抜かりはないはずだ。

「本宮の中には基本的には入らず、外を警らして回ります。兵士が一緒の時もあれば、単独で見回りをしていることもあります。本宮にいる者たちの匂い(におい)は覚えさせましたので、よほど不審な態度を取らない限り、危害を加えることはありません」

佐保様は神妙に頷いた。今回、軍用犬と引き合わされたのは佐保様の匂いを犬たちに覚えさせるためだ。持ち物で覚えさせてもよいのだが、身を守るためには直接嗅がせた方がいいだろうという陛下の判断による。

しかしそれにしても圧巻だったのは、十五匹の犬に周りをぐるりと取り囲まれる佐保様だ。大きさに驚きはしたものの、危害を加えないという将軍の言葉を信じ、大人しく鼻先をつけられるままだった佐保様は、随分胆(きも)が据(す)わっていると思う。

犬たちが尾を振っていたのもあるが、佐保様自身、おっとりしているように見えて芯が強いのだろう。

匂いを嗅がれたのは佐保様だけではなく、将軍がさっき言ったように本宮の使用人すべてだ。私や木乃さんも含まれる。たまに本宮を訪れるタニヤは、すでに革職人オクトスのところで顔合わせは済んでいるらしい。

その話を聞いた佐保様は一言、

「見たかった……」

と呟いた。無口だが気のいいタニヤが犬たちに囲まれる様子は、きっと和んだに違いないからしい。私にはよくわからないが、佐保様にとってはそんな雰囲気があるらしい。

さて、本宮に動物が来て一番気を付けなくてはいけないのは、グラスとリンデンの扱いだ。人間であれば、本宮の敷地内を散歩や探検して回る二匹のことはよくわかっているため、温かい目で見守ることが出来るが、果たして軍用犬がラジャクーンの幼獣を敵ではないと認識してくれるかどうか、それが一番の心配ごとだった。

馬やツヴァイクは、小さなラジャクーンなど歯牙にもかけない堂々としたものだが、軍用犬はどんな態度を取るだろうか——と心配していたのだが、まったくの杞憂に終わった。

一応、驚いて逃げ出さないように散歩用の紐で佐保様の腕輪としっかり繋いだ状態で、二匹を軍用犬に対面させた。

寝ている時に二匹を籠の中に入れて匂いを嗅がせるという案も提案されたのだが、いきなり目を覚ました時に防衛心から攻撃に転じてしまう恐れもなきにしもあらずのため、きちんと起きている時の顔合わせである。

「ほら、犬だよ。大きいでしょう」

手のひらの中に囲われた二匹の前に鼻を近づける軍用犬。

仔獣の目がぱっちりと開き、犬の顔を見つめている。

犬もまた、仔獣を見つめている。

犬たちの目から仔獣がどのように見えるかわからないが、

「なんだ、この小さな生き物は」

まるで犬がそう言っているように感じられた。

賢い軍用犬は、不必要に鼻を近づけることはなく——どうやら急所でもあるらしいと飼育担当者から教えて貰った——仔獣が自発的に自分たちの方へ寄って来るのを待っている。

命じられなくても「待て」が出来るのは、優秀な証拠だ。

大きな黒い鼻先をじっと見ていた二匹は、すぐに首を伸ばし自分の鼻を犬の鼻につけた。最初はおそるおそるという感じでスンスンするくらいだったが、幼獣が自分たちを怖がらないと判断したのか、犬たちは代わる代わる二匹の体を舐め始めた。

「毛繕い……」

思わず零れた佐保様の言葉に同意する。

「うわあ、癒される……」

まさにその通り。小さな仔獣など一口で飲み込める口から出た長い舌が、ペロリペロリと舐めるたび、二匹は擽ったそうに身を捩るのだ。

「まったく問題ないですね！」

笑顔の佐保様に、私も将軍も深く頷いた。

■八■

仔獣が行方不明になってしまったと佐保様が顔を青くして探し回る中、ここではないかと教えてくれたのは弥智だった。

連れて行かれたのは前庭の噴水前の椅子。以前に佐保様が爪切りをした場所だ。二匹は気持ちよさそうに陽だまりの中で寝ていた。弥智は以前もここで見かけたことがあるらしい。

「こんなところに……」

パタパタと足音を立てて石の階段を駆け上がった先、日の光を受けて少し温められた石の椅子の上に、二匹は寝そべっていた。

なんというか、大層平和な光景である。椅子の高さはそう高くはないが、屋内の木製の椅子と違って表面がつるりとしている分、二匹には登り難いと思っていたのだが、この様子を見る限り、なんとか自力で登ることに成功したようだ。

「ありがとうございます、弥智さん。僕とミオさんだけだったら、ここに辿り着くまでもっと掛かったと思います。訊いてよかった」

ほっと息を吐いた佐保様は、二匹が座る横に座り、大きく腕を伸ばした。

そのまま顔を空に向け、もう一度「うーん」と声に出しながら腕を大きく上げる。

確かに今日はとても穏やかで暖かい。屋内にいるよりは、こうして外に出て気分転換をするのもよさそうだ。私居空間の内庭や堂室から続いている露台に出るのもいいが、もっと広く開放的な場所でのんびり寛ぐ時間を持てるよう、少し考えてみるべきだろう。

後でキクロス様にお尋ねしてみなければわからないが、おそらくは平気だろうと思う。先だって本宮に配備された軍用犬も見回りをしていることだし、人よりも遥かに優れた嗅覚は、不審者やおかしなものがあれば即座に反応してくれるはずだ。

そう考えると、軍用犬を本宮につれて来て貰えたのはとてもよいことのような気がする。いや、気がするではなく、実際によいことなのだ。

兵士も騎士も優秀な方々ばかりだが、どうしても人の目には限りがある。中には団長のようにずば抜けた才を持つ方もいるが、あの方が特別なだけでそこまでの能力を騎士たちに求めるのは酷というものだろう。

「みなさんに気に掛けて貰えて、この子たち、本当に幸せだ」

とても愛しげに仔獣を撫でる佐保様の姿に、私と弥智は顔を見合わせくすりと笑い合った。

グラスとリンデンと同じように、いやそれ以上に佐保様を皆が気に掛けているのだから。

■ 九 ■

内庭で佐保様と一緒に神花の種を蒔いていると、土に潜って遊んでいた二匹がいきなり尾をぴんと跳ね上げ毛を逆立てた。ささっと佐保様の側に寄る二匹は、しかしすぐに警戒を解いて伸びてしまった。佐保様が笑う。

「相変わらず団長様の殺気はすごいんだね」

と。

団長が来るまであと少し。

「今日はどこからだったんですか？」

ほどなくして本宮にやって来た団長は、佐保の質問に優雅な手つきで茶器を持ちながら、ふっと微笑を浮かべた。

——何の変哲もない普通の動作なのに、団長様がするとなぜか様になるんだよね……。

これは佐保様の感想だが、同じことを私も毎回感じている。副団長と二人並べて、同じように茶を飲んでいる姿でさえ、まるで違うのだ。当たり前のことだと言われればそれまでなのだが、団長を尊敬している佐保様には仕草一つとっても見習いたいところらしい。

仔獣たちが反応した時に団長が来ることはわかっていたため、佐保様も二匹も、土で汚れた手足は綺麗に拭われている。佐保様は、庭仕事用の作業着から普段着に着替え済みで、ちょうど椅子に座った時に団長が扉を開けたのは、実にちょうどよかった。

「今日は本宮の大門の手前ですね。庭仕事をなさっていると陛下にお聞きしていましたので」

つまり、仔獣含めた我々が、身だしなみを整える余裕を与えてくれたというわけだ。佐保様ではないが、団長、さすがだ。仔獣の殺気への反応を、自分が来る時の連絡用に使うなどという真似は、他の誰にも出来はしないだろう。畏(おそ)れ入る。

「そんなに遠くからでもわかるものなんですか？　いえ、ちゃんと反応したからわかるっていうのはわかるんですけど」

「殿下の言いたいことはわかりますよ。一つには慣れでしょうね。気配とは少し違いますが、放たれた殺気の中に私の特徴を感じ取ったとでも言えばおわかりですか？」

「はい」

「人と違って獣は敏感です。加えてこの二匹は小さくても幻獣。成長するに従って、もっと感覚は鋭くなっていくでしょう」

それから団長は、何かを思い出したように、顎を何度か上下に揺らして頷いた。

「イオニアの都でこの子たちの親獣が密輸船を攻撃した時のことを思い出していただければ、わかりやすいかと」

あの時、東のイオニス領へは団長は同行しなかったが、騎士団長として当然、全日程の報告は受けている。そのため、リンデンが攫われてしまった時、離れた領主館にいた親獣が飛来して、迷うことなく攻撃を仕掛けた時の詳細も把握しているのだろう。

「はい。あの時はびっくりしました。僕もだけど、ミオさんも驚いたでしょう？」

それはもう、胸の鼓動が止まってしまうのではないかと思うほど焦り、驚いた。自分の背丈よりも大きな獣が、目の間で体を大きく膨らませ、羽を広げて飛び立っていったのだ。びっくりするに決まっている。

「親子だからというのもありますが、異変を察知する能力に秀でているのでしょうね。他の獣にはない感覚が備わっているのかもしれません」

そうでなければ説明出来ないことも多いし、そもそもが幻獣なのだ。人の知識の範疇（はんちゅう）から飛び出しているのを普通だとすべきだろう。

「本当なら親が教えた方がいいんですか？」

「ええ」

でも、とすぐに団長は続けた。

「覚え始めが遅いか早いかくらいで、そこまで差はないと思いますよ。本能という言葉があるくらいですから、ラジャクーン固有の能力として生まれつき備えていて当然のものですしね」

それを聞いた佐保様は、のんきに卓の上を這い回る二匹を見ながらほっと息を吐き出した。

親獣から直接卵を託されたとはいえ、もしも本能の成長が遅れれば、手放させてしまった自分に責任があると考えてしまったのだろう。

「心配しなくても、そのうち殿下のことなら王都内のどこにいてもわかるようになりますよ」

「そんなに？」

「ええ。成獣になればもっと範囲は広がるでしょうね。サークィン国内どころかイリヤ大陸を網羅してしまうかもしれません」

佐保様は目を丸くした。

「幻獣って、すごいんですね……」

まったくその通りだ。

「ええ。彼等への殿下の愛情、彼らからの殿下への愛情の深さがより絆を強めるはずです。すでにその片鱗は見えますしね。ですが」

と、団長は続けた。

「殿下や陛下に万一のことが起きないよう、我々騎士団があるのですから、彼らの出番はないと思いますよ」

おおーという声が出そうになって、思わず唇に力を入れる。

さすが団長、すごい自信だ。

佐保様の方は素直に感心と尊敬の念を込めた瞳で、団長を見つめている。

「すごいです、団長様」

団長はそれはもうにっこりと楽しそうに微笑んだ。

■　十　■

酒蔵へ行く途中にある階段の真ん中で、ぺちゃりと伸びて寝ている二匹を発見。降りる途中か、扉が邪魔で中に入れずに戻ろうとしたが、階段を上がる途中で力尽きたかと思われる。

教えてくれたのはキクロス様。晩餐に出す酒を取りに行ったところだったらしい。キクロス様は酒の通なのだ。

「またこんなところにまで遠征して……」

キクロス様に案内されて酒蔵までやって来た佐保様は、階段に座り込んで二匹を軽く指先でつついた。

部屋から酒蔵まではかなりの距離がある。どちらかというと建物の端にある厨房寄りで、地下に下りなければならない。

人が歩いてもそれなりの距離を感じるのだから、小さな二匹にとってはかなりの距離を移動したように感じたのではないだろうか。

背中の羽が大きくなり、力強く飛べるようになれば、これくらいの距離はひと飛び——とまでは行かなくても、移動も早く楽になるはずだが、未だ羽は飾りのようにふわふわ揺れるだけで、二匹の体を宙に浮かすことはない。

団長曰く、鍛えている途中らしいので、そのうち地面の少し上くらいに浮くことが出来るのではないかと、日々佐保様と二人、観察しているところだ。

「ありがとうございます、キクロスさん。こんな人の来ないところに入り込んでいたんじゃ、誰も気付かないで大慌てで探さなきゃいけなくなるところでした。本当にもう、最近はどこに行くのか全然わかんないんだから……」

零れる嘆息は勿論二匹に向けてのものだが、ぐったりとしているグラスとリンデンは、ぼんやりと目を開けているだけで、おそらく佐保様の言葉は頭の中に入っていないだろう。

「疲れたんでしょう？　ほらお部屋に帰るよ、おいで」

手のひらを差し出せば、二匹はすぐによたよたと這い上がり、そのまままたぐったりと伸びきってしまう。

ほら、もう瞼が閉じて眠ってしまっている。

「本当に暢気なんだから……」

佐保様はやれやれと首を緩く振った。

「一番楽な移動方法だとわかっているのでしょうね」

眺めるキクロス様の目は、優しげに細められている。佐保様に対するのと同じように、キクロス様は仔獣に対しても接している。二匹を置いて行かねばならない外出の時、キクロス様の部屋で預かっていただくことも多いせいか、二匹も他の侍従たちよりも余計に懐いている。

多少のいたずらは大目に見て貰えるとわかっているため、かなり気が緩んだ状態で過ごしており、以前にキクロス様の寝台の上で寝そべっていた二匹を発見した時には、佐保様は頭を何度も下げて恐縮していた。

「お役に立ててよかったです。それに昼間なのも幸いでした」

地下に下りる階段なので、途中からは完全に薄暗くなってしまう。もしも二匹が立ち往生していた階段中ほどに陽光が差し込んでいなければ、間違って踏みつけてしまった可能性もあるのだ。二匹にとっても、佐保様や私たちにとっても、恐ろしい事態になってしまっただろう。

「本当にありがとうございました」

丁寧に頭を下げた佐保様は、それから酒蔵の扉とキクロス様の顔を交互に見やった。

「もう酒蔵の用事は済んだんですか？」

「いえこれからです。もしよろしければ佐保様もご一緒しますか？」

途端に輝いた目から答えは丸わかりだ。

紐で繋がれた二匹はただいま佐保様の上着の隠しの中から顔だけ出して、うつらうつらしている。

二匹を連れ歩くことが多い佐保様の衣装には、他の方よりも多くの隠しが作られていて、最近は御用達たちも、どんな作りにすれば機能的で居心地のよい隠しになるかと頭を捻(ひね)っているそうだ。

余談だが、隠しの多い佐保様の衣装を見た方々からの問い合わせも、幾つか本宮にまで届けられている。高貴な方たちの間で、サークィン皇妃風の衣装が流行るのも時間の問題だ。

「ひんやりしてる」

酒蔵に一歩入った佐保様の感想の通り、適温保存が第一に上げられる酒蔵は、厨房の素材置き場と同じくらいの温度管理が徹底されている。

私もあまり酒には詳しくないのだが、同じ時同じ年に出来た同じ銘柄の酒でも、保存方法が違えば味わいががらりと変わってしまうそうなのだ。

その結果、購入時には百ピロだった果実酒が、半年後には十分の一以下にまで価値を落とすこともあると聞く。

この酒蔵にも酒を管理する役職の者がいるのだが、キクロス様も同じ資格を持っているため、比較的安易に中に入ることが出来るのだ。そう、不正持ち出しや何か仕掛けられることを懸念して、中に入るには必ず資格を持つ者が立ち会う必要がある。

唯一勝手に入ってよいのは皇帝陛下のみ。皇妃殿下はこれに該当しない。

「僕が一人で入っても何がなんだかわからないから、どっちにしても入ることはないと思いますよ」

佐保様は笑うが、かつてはとんでもない酒豪の皇妃がいて酒蔵の半数を空にした結果、皇妃の単独入室が不可能になったのは――教えない方がいいだろう。

キクロス様が今夜の晩餐にと取り出したのは、あっさりとした風味の白葡萄酒が二本。

「今晩の主食は白身魚の切り身の蒸し焼きですので、若干あっさり目にしてみました」

キクロス様の言葉に、佐保様も表情がパアッと輝いた。

魚料理が苦手な佐保様が喜ぶ理由、それは、

「じゃあ、今日は陛下のお帰り早いんですね！」

そう、晩食をご一緒出来るからに他ならない。ちなみに、今晩の献立は切り身なので、佐保様が苦労することはないはずだ。

「ええ。いつもよりも早くにお戻りになる予定だと伺っています。ですので、たまには酒をお召しになってもよろしいかと思い、ご用意させていただきました」

「陛下、あんまりお酒は召し上がらないですもんね」

酒が苦手な佐保様に付き合っているわけではないだろうが、確かに陛下はあまり酒を頻繁に飲む方ではない。副団長と朝まで飲んでいたり、官長方が来られた時に一緒に何杯も飲んだりするくらいだから、苦手にしているのでもないのだが、以前に深酒をした結果、佐保様から寝室を別にすると言われたことがかなり堪えたらしく、それ以来、酒の匂いがしないように心掛けているのだ。

食事時に二杯三杯飲んだくらいで匂いが残るとは思わないのだが、佐保様をとても大切に思っていらっしゃる陛下は、明確に自分の中に飲酒の量に対する線を引いたらしい。

それだけ思われている佐保様も素晴らしいが、陛下の努力にも感服する。キクロス様もそれをわかっているからこそ、陛下が言い出さない酒を、ほんの少しだけ労い代わりに食事の席に並べようと思

ったのだろう。

しかし二本？

内心で首を傾げていると、キクロス様は酒瓶を白い布が掛けられた台座の上に並べて乗せた。

「佐保様はどちらの酒がよいと思いますか？」

「え？」

ぱちりと目を見開いた佐保様は、言われた意味を理解するとすぐに大慌てで手を横に振った。

「出来ません！　お酒なんてちっとも詳しくないし、味もわからない僕が選ぶのは無理ですよ」

「いえいえ、佐保様がお選びになったというだけで陛下はお喜びになりますよ。いえ、この二本のうちどちらにしようか決めかねておりましたので、いっそ佐保様に選んでいただければ私も助かります」

「詳しくないけど、大丈夫ですか？」

「ええ。どちらを選んでも今日の主食には相応しい品です」

佐保様は「うーん」と唸った。キクロス様がチラリと私に目配せをしたのを受け、すかさず言う。

「佐保様、ここは直感で参りましょう。瓶の形や色、文字の装飾など今日の気分で選んでいただいてよろしいかと思います」

「そんなのでいいの？」

私とキクロス様は大きく頷いた。

その夜の晩餐に出された酒は、ことの他陛下を酔わせたとか。

■ 十一 ■

現在室内はしんと静まり返っている。

暢気に眠る二匹。これはいつもの光景だが、なんと、長椅子に横になる陛下の胸の上で寝ているのだ。規則正しく寝息を立てる陛下の胸の上下にあわせ、仔獣もゆれる。

膝枕している佐保様が浮かべる微笑みはとても優しく、眼差しは柔らかくあたたかい。


今日の午後、久しぶりに陛下が早くに本宮へお戻りになられた。早くと言っても夕方ではあるのだが、日が落ちて暗くなる前にお帰りになるのは珍しいことだ。

佐保様と陛下が話しているのを聞いたところによると、予定していた他国からの使者との会談が、使者の到着遅れにより延期されたかららしい。

それに加えて、

「じゃあ、明日もお休みなんですか？」

佐保様もびっくりの展開が待っていた。

「呼び出しがあれば城に出向くが、基本的にはずっとここにいるぞ。――どうした、佐保」

私は見てしまった。佐保様がそれはもう嬉しそうに破顔するのを。蕩けそうなほど幸せな笑顔だった。

「嬉しいんです。だってレグレシティス様、ずっと働き詰めだったでしょう？　少しはお休みしたらいいのにって思ってたんですよ。国の人達のために一生懸命働いているのは知っているけど、時々休むくらいで誰も文句は言わないと思う」

同感だ。陛下がどれくらい我々国民の生活に心を砕いているかは、よく考えるまでもなくわかることだ。

街道や公路の整備、厳粛で公正な法整備、資源や農産物の還元など、自分たちの生活に直結するだけに誰もが気づかされる。

「師範——団長にもそう言われたな」

でしょう、と佐保様は胸を張った。

「団長様が言うくらいだから、本当に陛下はお休みしたっていいんです」

あの団長が休んでもよいと口にするくらいだから、日頃の執務室での激務が簡単に想像出来てしまう。重要課題や緊急案件があるわけではないのだが、広大な皇国内を治めるにはそれだけたくさんの書類の裁可が必要だ。

当たり前のことだが、国のすべては陛下や宰相以下、皆様方のおかげで回っている。

私など、本宮の些細なこと一つとってもキクロス様に指示を仰がなくてはいけないことが多いというのに。

見えない国内を支配する責任の重さと鋼の精神力。

サークィン皇帝そのものが、サークィン皇国なのだ。

その皇国——の最愛の伴侶たる佐保様は、陛下が本宮にいることが本当に嬉しくて堪らない様子で、自分が陛下の腕に抱きついていることすら気づいていないようだ。

もちろん、指摘するような愚かなことを皇妃付き筆頭侍従の私がするわけがない。

「何もしないでゆっくりしてくださいね」

「そうだな。だが、どうせならどこかに出掛けるのもいい。馬に乗って外を歩くか、それとも山に登るか、川で行くか」

「すごく楽しそうで、僕も心惹かれるけど、レグレシティス様は大切なことを忘れてますよ」

「それは？」

「だって」

佐保様はくすくす笑いながら、陛下の頰を指先でつついた。

「もしかしたら呼び出しがあるかもしれないんでしょう？　だったら外に出ないでここにいなきゃいけないんじゃないですか？」

確かに佐保様も言う通り、絶対にあっては欲しくないが、お二人の時間を邪魔する「政務」が入り込んで来た時、すぐに連絡を取れる場所にいなければ困ると言うものだ。

王城内の馬場くらいはよいだろうが、城の外は論外だろう。

指摘され、思い至った陛下は苦笑しながら佐保様の頭を撫でた。

「うっかりしていた」

「ですね。でも珍しいですよ、レグレシティス様がうっかりするなんて」

「そうでもないぞ。今は、お前と久しぶりにゆっくり過ごすことが出来ることに浮かれていたせいだ」

「僕と？」

「ああ。私の頭の中はそんなものだ。あれをしたい、これをしたい――お前と一緒に何かをするということを考えるだけで、他のことを考える隙間がなくなってしまうほどにな」

うん、たぶん陛下は何も考えずにご自分の思ったことをそのまま口にしたに過ぎないのだろう。

だが、言われた佐保様にとっては、体中を赤く染めるに十分な威力を持つ言葉と内容だった。

真っ赤になった佐保様を見つめ、陛下は穏やかに微笑んだ。

「わかったか？　私が日頃から何を考えているのか」

「……わかりました、はい。とってもよくわかりました」

ペチペチと自分の火照った頬を宥（なだ）めるように軽く叩いた佐保様は、そこで陛下を見上げ言った。

「じゃあ、今のレグレシティス様がしたいことは何ですか？」

まさかそんな質問が返って来るとは思わなかったのか、一瞬瞑目（めいもく）した陛下はすぐに佐保様の耳元で囁（ささや）いた。

――お前の膝の上で寝たい、と。

そのまま横になり、膝の上に頭を乗せた陛下の灰銀色の髪を佐保様が優しく指で梳く。そこに仔獣が参加して——。

優しい家族団欒（だんらん）の風景だ。

あとがき

お待たせしていた月神新刊、やっとお届けすることが出来ました。まさか一年以上も間があいてしまうとは思ってもおりませんで、読者の皆様はじめ、関係者様一同には多大なご迷惑をおかけしてしまい、大変申し訳ありませんでした。

そんな新刊ですが、佐保の学院編はもうちょっと続きます。前巻が起承転結の起だとすれば、今回は事件が起こりそうな気配の承で、次巻で転結となります。

そんな中、もう一点お詫びが。本巻ではなく前巻の内容で、登場人物の名前を誤って記載していましたので、取り急ぎこちらで正しい名前をお知らせしておきます。

× アルフリート＝ヘス＝パーメリン　　ヘス＝パーメリンは法務官長の姓

○ アルフリート＝ノートン　　少年の伯父である外政官長の姓

主要人物含め間違った方に思い込んでしまうのはよくないので、初心に戻って再度設定集を見直し、書き直しをして次作以降に備えます。ＰＣの壁紙に設定している千川先生画の佐保たちの姿を見て癒されつつ、モチベーション上げて行きたいです。

次はクライマックス。間をあけることなく早めにお届け出来るよう、肝に銘じて頑張ります。

初出

月神の愛でる花～空を憧る雛鳥～	書き下ろし
今日の爪切り	2013年 同人誌掲載作を改稿
今日の仔獣	2014年 同人誌掲載作を改稿

この本を読んでの
ご意見・ご感想を
お寄せ下さい。

〒151-0051
東京都渋谷区千駄ヶ谷4-9-7
(株)幻冬舎コミックス　リンクス編集部
「朝霞月子先生」係／「千川夏味先生」係

リンクス ロマンス

月神の愛でる花 ～空を憧る雛鳥～

2020年6月30日　第1刷発行

著者…………朝霞月子
発行人…………石原正康
発行元…………株式会社　幻冬舎コミックス
〒151-0051　東京都渋谷区千駄ヶ谷4-9-7
TEL 03-5411-6431（編集）
発売元…………株式会社　幻冬舎
〒151-0051　東京都渋谷区千駄ヶ谷4-9-7
TEL 03-5411-6222（営業）
振替00120-8-767643
印刷・製本所…株式会社　光邦
検印廃止

ISBN978-4-344-84506-0 C0293
Printed in Japan

幻冬舎コミックスホームページ　https://www.gentosha-comics.net